... Wartmann ringt och undrat.
?an hade ovilligt vandrat iväg till Winkel-
annstrasse för att med naturtrogen besvi-
?lse upptäcka, att denna Lotte inte var
ns Lotte. Men så lätt hade det inte gått.
Hon hade kommit ut i den skumma lilla
ldgården och sett på honom, hoppfullt.
nom den ljusa dörröppningen såg han unga
ner, åtta, tio stycken samlade kring ett
d. De åsågo mötet, intresserade. Han
e harklat sig, illa berörd: »Alltså, mitt
n. Jag är farbror Vöpel. Alltså. Jag
kte ni kunde vara min niece, Lotte. Ni
s vara en annan Lotte. Beklag...
usch, så ...
rligtvis ... h
orna ko... a
t!» ... å
gon fös...
lev all...
ed, och ... nästan ... gården.
ala, fort, snubblande på orden. »Det är
rfärligt ställe, detta», hade hon sagt.
önskar att *er* Lotte aldrig kommer hit.
enne åtminstone bort härifrån så fort
! Jag kvävs av deras vänliga nedlåten-
i kan inte förstå det. Vi sover här för
mig per natt, tills vi funnit ett jobb.
n räcka veckor, månader. Vi måste äta
mans, och alla tycker sig rå om var-
varandras smör, varandras té! Surro-
en stor familj — hemskt —» hon tyst-
Förlåt. Jag vet ju inte vad jag säger.»
är hon vände sig om för att gå, kände
som om en vän, någon han känt myc-
e, velat gå ifrån honom. Han hade
ne komma med och äta middag nån-
on kom, var kanske hungrig.
to de här, och hon kallade honom en
nal man. Detta kunde vara den rö-
torien om en ensam, åldrande isbit
upptinad av ett flickebarn, vilket
e adopterade, tänkte herr Vöpel.
En ledsam roll. Med en känsla av
nns han att isbiten inte är rik. Det
rslutas med den här middagen. Vi
n tala. Det kan hon. »Berätta för
sionen ...

... man. J
isolerar mig. Dumt, inte
instämmer förstående.
Hon talar än en stund v
Han förstår henne. — Me
hon inte tala. Först någr
de sitta på Brülscheterasse,
mörkna över Elbe.
Då talar hon om Hanns.
och hennes ansikte ligger
Vöpel säger inte mycket, o
veta allt om Hanns.
Hanns, som inte skriver
Lotte finns. Hanns, som tro
och beundransvärd. Hanns
och ung. Herr Vöpel blir så
där han sitter bredvid hen
Ja, lyssna kan han, och s
Hanns från det sjätte till de
nadsåret. — Ljus tändas på
dunka uppför och nedför flode
komma tillbaka till staden e
på Pillnitz eller i Sächsische S
än så reste väl herr Vöpel, nä
Han reste mycket, då. Lotte
tankegång: »Vi skulle fara bort
bo någonstans där det är varm
är tacksam. Kanske vid Mo
Hanns. Nu — vet jag inte —»
Herr Vöpel har svårt att trös
sista åren har det förefallit så om
Nu önskar han att han kunde
väntar sig intet av honom. E
borta, på andra platser dem han
och längtar sig tillbaka dit. — Så
Herr Vöpel är inte längre ensam,
sällan går till Winkelmannstrasse.
långa historier om Lotte och H
bara om deras unga, osäkra kärl
knyter ihop av otaliga missförstån
gar och ljuva, tysta timmar på
terasse. Sedan gifter han ihop dem
resa ned till Rheinland. Efter lång
sätter han dem i närheten av Ko
är det vackert, det vet han. Smånin
far han många små Lotter och H
världen. Han låter dem sitta under
mande persikoträden ...

旅のスケッチ

Cover Illustration : Restaurangliv i Finland 1940
Taken from SKÄMTTECKNAREN TOVE JANSSON

Skisser från utlandet

トーベ・ヤンソン 冨原眞弓 訳 旅のスケッチ 筑摩書房

8 Short Stories by Tove Jansson

Fiolen Taken from Julen, dec., 1940

Skägget Taken from Lucifer, dec., 1938

Bulevarden Taken from Helsingfors-Journalen, nr.25, 1934

Brevet Taken from Helsingfors-Journalen, nr.6,1936

Statdsbarn Taken from Julen, dec., 1935

Kliché Taken from Helsingfors-Journalen, nr.12, 1935

San Zeno Maggiore, 1 stjärna Taken from Lucifer, dec., 1940

Aldrig mera Capri! Taken from Julen, dec., 1939

Published by arrangement with Schildts & Söderströms, Helsinki, Finland

Japanese translation rights arranged with Schildts & Söderströms,

Helsinki, Finland, representing The Estate of Tove Jansson

through Tuttle-Mori Agency, Inc., Tokyo

ヴァイオリン

七月一四日だった。パリの街は踊っている。

彼が橋を渡るにつれて、右岸から聴こえる音楽が小さくなり、左岸から聴こえる律動的なジャズ演奏が大きくなり、彼はふたたび絶望に囚われる。交叉路できびきびと煌《きら》めく光の中枢、揺れる街灯《ランタン》で編まれた花冠、熱気と期待でいっぱいの人びとの群れ、明るく暖かい夜——これらすべてが彼をいよいよ不快にする。

このヴァイオリンをセーヌに投げすててやろうか。

もっぱら社会に逆らい、おのれの野心をあざ笑い、それからロシャンスキを苛立たせるためだけにでも。あのいかにも偉ぶった長髪の野蛮人のところに行って、どうでもいいんだが、ついでに教えておくとさ、という口ぶりで、

「よお、実入りはどうだい？　ところでさ、あんたがやたらに褒めそやしてた例のヴァイオリンさあ、セーヌに落っことしちまった。そう、こんなふうにさ。セーヌにどぼん。するとね、ちっちゃいボートみたいに流れていったのさ……」といってやったら、さぞかし気分が晴れるのにな。

そしてデュバルは人を殺しかねない顔つきで笑う。ロシャンスキのやつ、死ぬほど落胆するな。ここ五年ばかり、あいつは俺のアマティが羨ましくてたまらなかったからさ。

ロシャンスキならアマティをみごとに弾きこなせる、デュバルの百倍も。もっとも、ロシャンスキがそう公言したことはない。寡黙な男で、その沈黙が他人を追いつめて愚かなことを口走らせる。当人を滅入らせるやりかたで本心を明かさせ、あとは慇懃《いんぎん》なほほ笑みを返すだけだ。それでもデュバルにはわかっている。ロシャンスキは俺を軽蔑してやがる。

ロシャンスキはデュバルの心を見透かし、自分に正直になれないやつだと軽蔑している。デュバルの縄張り（デュポンの店の前で演奏していたときの話）に例によってひょっこり現われ、デュバルの演奏のあとで自分も同じ曲をみごとな腕前で披露してみせ、あげく拍手喝采までかっさらって、デュバルを完膚なきまでに打ちのめした。その後、デュバルに歩みより、愛想よくわざと下手《したで》にでる感じで、なぜきみはあのヴァイオリンを売らないのかと訊いた。あれは名器だから、いつでも売れて、きみがちょっとした商売を始める元手になる。たとえばビストロとか。あれならきみもきっと本領を発揮できるさ――。デュバルは痛いところを突かれて、ひどく激昂し、頭をきっともたげると、悲壮なまでの自尊心へと逃げこんだのだった。

「なるほどね、あんたはこの俺を自分の魂を売るやつだと思ってたのか。それもしみったれたビストロなんかのために！　笑わせるぜ。たしかに俺にはアマティしかない。だが俺はこの楽器を息子のように愛してるんだ。これを売るぐらいなら、死んだほうが……」

サン・ミシェル大通りを歩きながら、俺はぺらぺら喋りすぎちまったな、とデュバルは思う。これじゃ、なにがあってもアマティを売ることもできやしない——すくなくともロシャンスキが周囲をうろちょろして、あの不精な山羊みたいな眼で俺を見ているあいだはな。

ビストロをめぐる考えはじっさい彼の心に居坐って、そのいちばん深いところで芽吹いた。これがなによりも始末が悪い。嘘っぱちの野心をかなぐり捨てて、どんなに精進しても桁外れに下手くそな路上音楽家にしかなれないことを認めることができたら、すばらしく爽快だろうに。鳩尾《みぞおち》に痛みを感じつつ、禁じられた領域に踏みこんで、ビストロをめぐるあれやこれやの計画にわれを忘れる。小さな金茶色の壜のコニャック、背が高く冷たい緑色の壜のペルノ、白い壜のアマレット、ぴかぴかのカウンター……床の敷石にはおがくずが撒かれ、舗道にはスツールとテーブルが並べられ——、色は赤、いや緑、薄い緑のほうが上品か。彼自身は陽気な笑みを浮かべ、ときには常連客と友好的に政治を語る――カウンターの後ろのどこかで。それから急ぎ足の給仕《ガルソン》たちや、煙草を売る娘……できればビリヤード台も……。

デュバルは気をとりなおし、ヴァイオリンのケースを強くかかえこんだ。これらはみんな気の迷い、誘惑にすぎない。アマティと自分の名誉を守るのだ。それ以外の選択はない。すくなくともロシャンスキと彼への憎悪が残っているかぎりは。

デュバルはモンパルナスの方向に曲がった。人気《ひとけ》のない暗い通りを歩いていると、またしてもあの妄想に囚われる。――ロシャンスキが俺のビストロの店先でロシアの英雄歌謡《ロマンセ》をキイキイがなりたてて、手荒く追っ払われるなんて日が来たら、とんでもなく愉快だろうな。――いや、もっといいのは、どっかへ行けよと数枚の一スゥ硬貨を投げつけられるとか……。

ここで彼はビストロの妄想に終止符を打ち、踊りに興じる群衆のなかに紛れこんだ。

TOVE JANSSON
Tove
Fiolen.

モンパルナス大通りとラスパイユ通りの交叉点は、烈しい戦闘または荒れくるう海の様相を呈している。いくつかの楽隊が演奏の音量をあげた。「連中、完全にネジが外れてるな」とデュバルは人ごみを肘でかきわけながら吐きすてた。「一晩か二晩、日々の重荷から解放されたからって、嬉しさのあまりネジが外れてやがる。こんな馬鹿どものためにアマティを奏でてやるなんて論外だな。連中は手風琴《アコーディオン》の演奏が好きなんだ。または、聖像《イコン》の子孫よろしく街角に立って、むやみに弦を震わせて感傷的な気分にさせるロシャンスキみたいなやつがお気に入りなのさ」。カフェ・ドーム近辺は例によって無計画で物好きな群衆で賑わい、バーもテーブルも路上も人ごみで溢れている。

デュバルは専門家の眼で戦略拠点をすばやく定めた。右手に二十人ばかりの集団がいる。寄せた複数のテーブルの周囲に着席したばかりだ。仲間に恥をかきたくなければ、デュバルに一スゥ硬貨の一、二枚も与えざるをえない。互いの視線にさらされているからだ。

デュバルはヴァイオリンのケースを開き、楽器をとりだし、カフェのテラス席にあらためて偵察の視線を送る。そのとき、ロシャンスキが見えた。

ロシャンスキはドームの向こう側の端に立って、いまにも演奏を始めようとしていた。冷たい憤怒がデュバルの身体を這いのぼる。この感覚が胃の腑で始まるのがはっきりわかる。デュバルは猟犬のように身動きせず、相手をじっと睨みつけ、ふいに悟った。いま、ここで、この腐れ縁に決着《けり》をつけなければ、いますぐなにかを実行に移さなければ、俺はこなごなに壊れてしまう。もちろんロシャンスキもここに来たのさ。いやむしろ、俺に恥をかかせるために、こっそり後をつけてきたのかも。それなら眼にもの見せてやる。これまでロシャンスキはいやというほど勝ちほこってきた。今度は俺が反撃する番だ。

ロシャンスキもデュバルの視線を首筋に感じて、振りむいた。驚いた身振りをするが、その後は動かず、待っている。夜には万事にめざとくなる公衆はふたりに気づき、興味津々で成行きを見守っている。ふたりは視線をそらさずに凝視しあう。ロシャンスキは相手の顔に憎悪を読みとる。のみならず恐怖も。こいつ本気だぞ、とロシャンスキは思った。なにが問題なのか、ぼくは知っている。哀れなやつだ。

ロシャンスキはデュバルのほうにぎこちなく一歩踏みだす。同時に、デュバルも硬直した膝をがくがくさせ、顎《あご》を前に突きだし、動きだす。ふたりはドームのまんなかで出逢った。

ロシャンスキはデュバルが全身を震わせているのを見た。苦悩にみち、ほとんど嘆願の色すら湛《たた》えた眼だ。ロシャンスキはデュバルを憐れんだ。自分では弾きこなせないが、その価値のゆえに野心を煽りたて、心の内奥では唾棄してやまぬ仕事に固執させるヴァイオリンの持ち主である男を。

「なあ」とロシャンスキが早口でいう。「きみのアマティはぼくの頭蓋骨を叩き割るためじゃなくて――だって、やりかねない顔をしてるよ――、奏でてやらなくちゃ。きみがよけりゃ、ぼくが伴奏をするからさ」

「伴奏？」とデュバルは茫然とくり返す。

デュバルの脳みそが慌ただしく計算をする。ロシャンスキは自分から主旋律を俺にゆずったが、この仕草によって自分が俺より下手だと認めることになるとわかっているのか？　デュバルは相手を疑心暗鬼でみつめる。ロシャンスキはにっこり笑い、眼を細める。大した話じゃないと思っているらしい。

「あんた、わかってるのか……」とデュバルはのろのろと口を開く。

「ああ、わかってる——あれもこれもね。さあ、行くぞ」。ふたりは揃って公衆のほうに向きなおった。

デュバルは奇妙な変貌をとげた。はじめは心もとなくにやりと笑い、ときおり奇妙に混乱したしかめ面で眉根を寄せる。だが演奏するにつれて、彼の顔は落ちつきをとりもどし、背筋をぴんと伸ばし、カフェのテラス席を誇らしく正視する。いったいこの客たちのなかに、彼の限りなきこの勝利を理解している者はいるのか。これまでの苦々しい思いを心からきれいさっぱり追いはらい、一度も味わったことのない歓びで心をみたすあのしっぺ返しの歓びを、だれが理解してくれるのか。百もの顔のなかでたったひとつの顔を、彼の身に起きたことを理解できるたったひとつの顔を捜し、ほとんど瞬時にみつけた。

日中、花を売っている娘だ。ひとりでテラスの最前列に坐って、彼にほほ笑みかける。誇らしげに。理由は彼にはわかる。花がいちばん売れるこの夜、ブラックコーヒーを前にテラス席に陣どる――これは快挙なのだ。

彼女には愉しんでほしい。

デュバルは自分も愉しくやりたいと強く思った。すると奇妙なことに、もはや自分が義務にもとるとも責任を欠くとも思えなくなった。なぜなのか。

楽隊が曲を奏で、花冠が掲げられ、旗や街灯《ランタン》が揺れるのは、ほかならぬ彼らのためではないのか。ドームにたむろする常連や観光客などの懐の温かい連中のためにだけ、演奏するわけじゃない。デュバルは彼女に笑いかけ、ふたりをつなぐ心の交流と、極めつけのこの夜に愉しく誇りたかくいる権利とを、彼女もまた悟ったことを看てとった。ロシャンスキが帽子を手に心づけを集めて廻っているあいだに、デュバルは彼女を誘って踊ろうと心に決めた。

結局のところ、三人いっしょにモンパルナスを去り、ビュット・ショーモン行き地下鉄《メトロ》の最終に乗った。この地区のほうがずっと居心地がよい。地下鉄の階段を昇って路上に出るやいなや、雰囲気がまったくちがうことに気づいた。はるかに温かく、はるかに活気がある。ここでは庶民が集《つど》って愉しく踊っている。ここには、すべてを一風変わった無料の演目と考えて興味本位でうろつく観光客もいない。要らぬ馬鹿騒ぎを罰せられずに実行に移す絶好の機会と考える芸術家気取り《ボヘミアン》もいない。自身に歓びを禁ずることで歓びをおぼえる不埒な傍観者もいない。——ここではみんなが踊っている。

ひたすら踊るために、なにがなんでも踊りたいから、どんな格好で、だれと踊るかは関係なく、彼らは踊る。三色《トリコロール》に飾られた舞台の上で楽隊が曲を奏で、その前でひとり身の老人が幻の女性をだいて幸せそうに踊っている。彼の住まいの門番で癇癪《かんしゃく》もちの女性が、今夜は紙の帽子をかぶり、幼い娘を両手に高く掲げてワルツを踊っている。若者たちはにやにや笑いながら、足を踏みならして互いのまわりをぐるぐる廻る。花火や爆竹《クラッカー》が弾けるたびに、小さな子どもたちは恐怖と歓喜の声をあげ、長い一列になって逃げていく。デュバルは娘をだきよせ、群衆の渦にすべりこみ、停止を余儀なくされた車を、門番の女性を、楽曲を笑い、そして互いに向かっても笑った。

「ぼくはアマティのことで大馬鹿を演じた」とデュバルはいった。「ふしぎだね、すべてが一瞬ですぎてしまう。わかるかい?」

「あなた」と彼女は答える。「恋に落ちるときって、すべてはあっというまにすぎさるものよ。あのアマティなんてどうってことないわ」

「なんにもわかってないね、きみは」とデュバルは愛想よくいう。「でも、まあいい。大事なのは、みんなもう過去の話ってことさ」

夜は更けていく。驚くほどすみやかに。

はやくも夜の色はいっそう冷え冷えと、いっそう蒼《あお》ざめて、楽隊の周囲からも人気《ひとけ》が絶えていく。姿の見えない女性と踊っていた老人は排水溝のなかで寝ている。いまも彼女をしっかりとだいて。七杯めのビイルを飲みほすころ、ロシャンスキとデュバルは永遠の友情を誓いあった。楽隊が最後の曲を奏で、踊る人たちがひとつの輪をつくる。その輪から数人が離れて、輪の中央でさらに輪をつくる。デュバルは彼女の前でひざまずき、楽隊の舞台から紙の装飾を引きちぎり、彼女がドレスを汚さないようにアスファルトの上にひろげた。彼女も膝をついて、ふたりは互いの両頰に接吻する。「この接吻はすぎさらせないで。このままここに坐っていよう」とデュバルは懇願し、踊りがつづくあいだも、ふたりは紙の切れ端の上に膝をついていた。

ロシャンスキが近づいて、楽隊はひきあげたよと教えてくれた。かまうものか、連中はアマティの持ち主じゃない、とデュバルは応じる。それに、いま、俺は手がふさがってる。

「ぼくに弾けってか？」とロシャンスキは訊く。

「ああ、そうさ。さっさと弾けよ。明日には売りとばすからな」

そしてロシャンスキは演奏する。まだ残っていた人びとが静かにロシャンスキをとり囲み、デュバルは素直に喜んだ。

「きみは会計の担当で」とデュバルは娘にいい、「ロシャンスキは皿洗い担当だ。もっとも、皿洗いじゃ役不足というなら、七月一四日の客たちに英雄歌謡《ロマンセ》を奏でさせてやってもいいぞ」

「新婚の彼らのために！」とロシャンスキは声をはりあげ、帽子を手に走りまわる。「一泊の宿代でも、なんでもいいが。たまには太っ腹でいこうや！こんなすばらしい音楽、もう二度とは聴けないよ。デュバルはアマティをぼくにくれてもよかった。そうすりゃ、物語がもっとすてきに終わったのにな。

Tove

だが、このままでも悪くはないか」

パリの街がしだいに明るくなる。

まっさらな日曜日がやって来る。そしてまたつぎの日曜日。人びとを支え、あらたな気持で月曜日に立ちむかわせるために。

鬢

春だった。

彼女は大通《ブールヴァール》りを歩きながら、なにかが起こるのを待っていた。つまり——なにかが彼女に起こるのを待っていた。なんといっても一八歳だから。ぎっしりと密集した人波が機嫌よくそぞろ歩く。路上沿いのカフェも客でいっぱいだ。彼女は人びととすれ違いながら、見られているという硬直した感覚をなんとなく首筋あたりにおぼえる。そもそも新しい帽子をかぶっているし、パリの街はこれまで彼女を見たことがないのだから。

「花開きなさいまし《フルーリッセ・ヴー》、ご婦人がた《メ・ダム》」と花売りの老女たちが歌う。「二〇スゥで花開きなさいな」。いっさいが陽光に照らされてきらきらと輝き、どの街角でも手風琴《アコーディオン》が鳴りひびき、女たちは互いに春の優雅《エレガンス》をみせびらかす。

小市民《プチブルジョワ》の家族たちは日曜の装いで儀式ばって目的もなく練り歩き、無料の見世物があればすぐにも足をとめる気満々である。だれもが暖かさに誘いだされ、好奇心をいだき、かつての苦々しい気持を忘れ、親しげに互いの鼻をよせて挨拶しあう。新緑の茂みを背景に、広告塔と窓から張りだす縞模様の日除けがまばゆく映える。遠くでは大通り《ブールヴァール》が熱でこまやかな靄《もや》に包まれ、車の塗装の放つ反射が煌《きら》めく。そしてそれらの背後にセーヌ河が横たわる。彼女は河岸に足を向ける。

「これですべては違ってくる」と彼女は立ちどまり、灰色の水面をうっとりと眺めながら考えた。「あたしはパパの事務所に坐っているだけのクリスティナ・ブルムクヴィストなんかにならない。ホテルのラベルがいっぱい貼られたスーツケースをもって、手袋をはめた小さな手で毛皮のケープの襟もとをひきよせながら、世界じゅうを旅するのよ。そうするか——または、なにもしないか。そうね——たぶん、人類のために偉大なことをやってのけるひとになるとか」

彼女はため息をつき、視線をサン・ミッシェル橋のほうへ泳がせる。左岸の窓ガラスのなかで太陽が燃える。橋の下の日蔭では忍耐づよい小さな人影がぽつぽつと並んで、セーヌの流れをみつめている。「ヴィクトル・ユゴーの『レ・ミゼラブル』ってわけね」と彼女は自己満足の身震いとともに誇らしげに決めつける。

彼らからやや離れて若い男が立っている。画家だろう。いわゆる芸術家《ボヘミアン》だ。クリスティナは好奇心に駆られて近づく。ただしいつでも退去する構えで。階段をゆっくりと降り、心配そうにしかし敬意を払いつつ、新聞の束を枕に寝ている〈ミゼラブル〉のひとりをよけて通り、あの若い男から一、二メートル離れたところで立ちどまる。彼の肩越しに覗きこみ、彼が〈偉大な芸術家〉だとすぐに悟った。この分野では彼女のパパも偉そうに主張はできない。彼の絵がなにを表現しているかは一瞥すればわかる。それにどうでもいいこ

SKÄGGET
AV
TOVE JANSSON

とだ。どのみちパパは〈いかさま師〉とか〈へたれ絵描き〉とか〈未来派〉とか罵《ののし》りかねない。

しばらく感心してじっと佇《たたず》んでいたが、ふたたび歩を進めて、画家の横顔にすばやく視線を走らせた。彼は鬚《あごひげ》を生やしていた。そう、正真正銘の鬚だ。これまでいつも願っていた、鬚を生やした男に出逢いたいと。故国《くに》ではめったにお眼にかかれないのだ。

そのとき男は首をめぐらして、彼女の熱っぽく昂奮した顔をまっすぐ見た。彼は気分よく笑いかけ、彼女も恭《うやうや》しくほほ笑みを返した。

「お好きですか?」と彼が訊く。クリスティナはぱっと赤面する。「ええ、大好きです。とってもむずかしいんでしょうね――そのう、絵を描くのは」

「まあね」と彼は無造作に答える。「才能があるかどうかの問題ですよ。幼いころから、ぼくにはあったようで。つい先日も、わが国の大臣から手紙で感謝されたばかりでしてね」

「まあ」とクリスティナは息をつぐ。「あたし、お邪魔でしょうか？」彼はパレットを手にしたまま身を捩《よじ》ったので、油絵の具が飛びちった。「いや、断じて！　そんなこと考えちゃいけない！　女性は霊感を与えてくれる。その箱に腰かけなさい。すぐに終わりますから」

彼女はみごとな鬚から視線をそらさず、箱に腰かけた。彼はその後もしばらく無言で絵を描きつづけたが、彼女のほうに振りむき、画布上の赤い染みを絵筆で示し、「このカドミウムの尖端がひとりの人間を幸せにできるなんて信じますか？」

「いいえ」と彼女は考えなしに答えてしまい、その瞬間、はげしく後悔する。

彼は頭を振り、新しい赤を絵のべつの端にさっとおき、まじめな顔で「ほら、これでぼくは幸せになった。ぼくを幸せにしない赤があるなら、ぜひ見たいもんです」という。そして顔を輝かせながら「均衡《バランス》、わかります？　これこそが生《せい》ですよ！」彼は眉根を寄せ、「よく思うんです――、つまりね、なにも見えない人たちって気の毒だなあって。ようするに、しかるべきやりかたで、ほんとうに見る、という意味ですがね。ぼくのいうこと、わかります？」

彼女は手を組み、「ええ」と答える。

「だからこそ」と彼は彼女を正視する。「人びとにものを見るすべを教えたい。それがぼくの人生の目的なんです。歓び、名声、あるいはお金のために絵を描いている、と思われるかもしれないけど」

ふいに彼が訊く。「あなたはこの絵をどう思いますか？」

「あたしが？」と彼女は驚いて答える。「あたしは、そのう、あなたの絵は――視野に入ってくる、と思います」。彼は彼女を穴が開くほどじっと見て、「あなたはものを考える女性のようですね。まあ、すぐにそうと察しましたよ。お話のあいだも、あなたは知的なひとだと気づいていましたから」とつづけた。

彼女は嬉しさで頬を赤らめる。彼はパレットをおき、絵筆を布きれで拭きはじめた。とつぜん彼は手をとめる。

苦々しげに。「とはいえ、勘違いだってありうる。あなたも結局は、映画や踊りや芝居に行くだけの女性かもしれませんからね」

「まさか」と彼女は怯えて抗議する。「とんでもない」

「あんなもの、ぼくは軽蔑しますよ」と彼は嘲るように吐きすて、絵筆をテレビン油の缶に放りこんだ。「小さな部屋のなかに坐り、ひとりでパイプを吸いながら街を眺めるんです。セーヌ河沿いに歩きながら考えることもありますが。あなたは?」

「最近こちらに来たばかりで」と彼女は言い訳をする。「まだセーヌをゆっくり歩く時間もなくて。あたしはあちこち旅行するのが大好きなの」

彼は考えながらイーゼルをぱたんと折りたたみ、「あなたの言葉がほんとうなら、今晩、ここに来て、いっしょに語らいませんか。人生について。ぼくと同じように真剣に考える女性を、ずっと待ち望んできたんですから」

「それは無理です」と彼女は眼をきらきらさせて抵抗する。「だってパパが……」

「パパたちは放っておきましょう」と彼はにべもなく却下する。「なにかをやり遂げて、世界を進歩させるのは、ぼくら若者です、おわかりですね。年寄り連中ときたら、なんにもわかっちゃいない、あるいは忘れてしまったんです。今宵のことを忘れずに、この日付をしっかり記憶に刻んでおいてくださいよ。さてと、今日は何日でしたっけ?」

「三月二八日です」と彼女は答え、まじめな顔で彼を見た。

――――

クリスティナは恋をした。恋に恋をした、いや、より正確には、ロマンチックな物語に恋をしたというべきかもしれない――もちろん彼女にその自覚はない。もっとも自分になにが起こったか、その原因がなにか、その事後の影響がなにかは明確に把握していた。ともあれ事態はここまで来たのだ。

彼女はなにかに飢えていて、しかも周囲から隔離されていた。だから、歌があっても反復句《リフレイン》が口笛で吹かれるだけで、会話が交わされていても彼女が近づくとぴたりと途絶えるし、本は布団を頭からかぶって懐中電灯《ポケットランプ》で読まなければならない。おまけに人生は、彼女に編上げ靴を長く履かせすぎ、彼女に事務的で自制心の強い母親と救いがたく無理解な父親を与えることで、残酷にもそのめくるめく奔流から彼女を放逐してしまった。

ところがいまや人生に一杯喰わせてやった。それもこんなに洗練された方法で。ほんの子どもだったころから憧れてきたが一度も与えられなかったものに、誇らしげに、落ちつきはらって、背を向けたのだ。

いまの彼女には〈より高尚な関心〉がある。私利私欲のない哲学者気質《かたぎ》の画家、〈大賞《グランプリ》〉をとり、四回も個展をして、社交界のみんなと知り合いの

――もちろん彼自身は社交なんか大嫌いなのだけれど――とプラトニックな友情を築きあげたのだ。彼女は画家と連れだって月下のセーヌ河岸を散策しながら、〈芸術〉と〈宗教〉について語らいあう。これまでの表面的な理解を根底からくつがえし、いまはもう、たんに旅行ができて手袋をはめた小さな手があればいいなどとは考えない。ほんとうに愚かだった、人生に邪魔されて自分は若さを発散できないのだと考えていたのだから。おかげで、フロイトいわく〈劣等感〉とやらに悩まされるはめになった。その反動はひたすら〈昇華〉のかたちで現われでた。それはそれですばらしい。なかでもすばらしいのは、心のままに語ることが許され、しかも真剣に聞いてもらえることだ。必要なのは〈霊的な交流〉、いわゆる〈魂の連帯〉であって――そうよ、そんなもの、かわいそうなパパやママにわかるはずもない。あのひとたちが考えるのは靴下や為替のことばっかりで、この世でいちばん重要なのは検閲やら肉団子やらだと信じて疑わない。つまり、ものごとを正しく見ない、他人のことを考えない、というわけね。パパとママのことを考えると、心は穏やかな憐れみに満たされる。家に帰ったら、ものの正しい見方を教えてあげよう。たとえば——今夜にでも。あの透きとおった空の青さのなんたるかに気づくとか、リュクサンブール公園の柵の背後であんなにも神秘的に咲きほこる白い花々に眼をとめるとか、街の生き生きとした脈動に耳を傾けるとか、そういうことがなかったんだわ。だから彼らは「胆力」とか「痛撃」とかの号令のときだけ起立して、「断じて」とか「かならず」とかを大仰な表現だと呼ぶのよ。

さいわいクリスティナは年寄りではない。ほんとうに嬉しい。すべては単純で明瞭ですばらしい。このことは断じて、ぜったいに断じて、忘れない。たとえ一七人、そう、一七人の子持になってもね！

温かい霧雨のなか、クリスティナは街灯を通りすぎるたびに透明な傘を一回転させ、くるりと廻る光の輪が美しく飛びちるさまを愉しみながら、声をあげて自分に笑いかけた。売店で赤いアザレアの鉢を買い、ふいに踊りたいと思った。こんな愉しみは高尚な〈昇華〉にはいささか逆行するけれど、哲学者たちにだって心が揺らぐ瞬間はある。

画家の住まう建物の門口で、彼女は眼を閉じてしばし立ちどまり、歓びを胸にいだき、味わいつくし、わがものとした。それから重い門扉を押しあける。門扉はゆっくりと内側に開き、隙間から黒々と中庭がのぞく。この庭の驚くべき暗さといったら。どの窓にも灯はなく、街灯もなく、どこまでも高く、天までとどく、灰色の四角い空間がひろがる。大通りのパラフィン灯の反射が、眠りを貪《むさぼ》る家並の壁に頼りなく赤みがかった光沢を投げかける。とはいえ彼女がそのことに気づいたのは、道を決めかねて迷いながら長らく佇んだあとだった。それほどに暗いのだ。なんで彼は路上で待っていてくれないのよ。そうすれば、道案内と称して回りくどい地図を描く手間ぐらいは省けたのに。彼女は抉《えぐ》れた段のある敷石を両手で探りあてた――これが目当て

の階段のはず。あとは手すりに摑まってひたすら昇っていく。八階分、階段を昇るのだ。手すりが途中でなくなってからも、急な踏み段を数段昇っていくと、鉄格子のある扉がある。そこが終着点だ。階段は湿った古い毛糸の臭いがする。上へ、上へと、手すりがうねうねと昇っていく。七階のどこかで、ちらちら揺れる小さなガス灯が漆喰の剝がれおちた壁の一部を照らしだす。閉じた扉の背後からは物音ひとつ聞こえない。建物全体が死にたえ、見棄てられたみたいで、そこはかとない不快と恐怖の感覚が彼女を襲う。

ようやく鉄格子のある扉にたどりつく。扉を叩くと呼鈴がかすかに鳴った。彼女はそのまま動かず、ためらっている。そのとき、床を照らしていた光が部屋全体へとひろがった。

クリスティナは小声で呼びかけた。「あなたなの?」

「ぼくに決まってるじゃないか」と彼は答える。「ほかのだれだと思うのさ?」

彼女は部屋のなかに数歩入りかけたが、ぎょっとして足をとめ、彼の顔を凝視した。鬚！　鬚がない！　ありきたりな顔だ。いやになるほどありきたりな顔。これじゃあ、絵を描いているとか、セーヌ河岸を散策しながら思索に耽っているとか、そんなふうにはとうてい思えない。嘆かわしい。

彼女の沈黙に苛立って、彼はうんざりして怒ったようにつけ加えた。「えらく長いこと待たせるじゃないか」

「あたしのせい?」とクリスティナはいい返す。「真っ暗なんだもの。こんな上の階まで来させるなんて、なにを考えてるのよ!」

「まあ、怒るなよ」と彼は口調を改めて、「花だね、ありがとう!」といった。それから急に熱っぽく語りだす。「君はそこいらの女たちとはちがう。ぜんぜんちがう!　さあ、お入り、愛するひと。芸術家《ボヘミアン》の生へと開かれたしかるべき額縁から街を眺めてごらんよ」

依然として彼の新しい顔に戸惑いながら、彼の横をすり抜けて部屋のなかに入った。雑然と物が積まれた小さな机の上で、破れた赤い蔽《おお》いの小さなランプが燃えている。光の環の外側で部屋は暗闇に呑みこまれ、四方の壁の絵が明るい染みとなって浮きあがる。あちらこちらで真鍮らしきものや壁掛けの鏡や缶に入った絵筆が煌めく。なにもかもが巨大な箒で掃きよせられ、隅にうずたかく積みあげられたような印象をうける。物がないのは、床の中央にできた小さな部分だけ。彼女は注意ぶかくそこに身をおき、ためらいがちにつぶやく。「そうね――芸術的だわ。それにしても――その大臣とやらは、それともいつも奨学金をくれるひとだっけ、もうすこし大きなアトリエを用意してくれてもいいのにね。だって、そのぅ――場所が要るでしょ……」。ここで彼女は不安げに口をつぐむ。彼は彼女の子どもっぽい言動にも鷹揚に笑い、大げさな身振りで椅子をどかす。「はあ？　もっと大きな部屋だって？雰囲気さ、わかるかな、雰囲気ってやつが肝心なんだ。だだっ広い冷《ひや》やかな部屋でぼくが霊感を得られるとでも思ってる？　お嬢ちゃん、きみにはわからないのさ」。彼女は椅子に坐った。なんだか納得がいかない。

「また機嫌を損ねたのかい？　おいで、ぼくのプラトニックな友だち。ここは居心地がよくないかい？　ほら、ぼくはこの部屋ですべての作品を創作したんだ。芸術家《ボヘミアン》の空気を吸わなくちゃならない――でなきゃ死んじまう。ぼく自身である作品もろともにね！」

彼女は彼を見た。初めてすこしばかり批判的に。

ここは息がつまる、と彼女は思った。それに、彼の縁なし帽も変てこだ。彼女は落胆し、不安になる。

ぽっかりと空虚が生まれた。

四角い窓は開いたまま、窓ガラスが風に吹かれてかすかに震え、湿った柔らかい夜風が入ってくる。家の屋根の蒼《あお》ざめた輪郭の背後に、カルチエ・ラタンに向かって、天高く突きあげる箒のように光が伸びあがる。大通り《ブールヴァール》の永遠の喧騒《ざわめき》が寄せては返す砕け波のごとく、間遠にかすかに聞こえてくる。

彼女はびくっとする。彼がふたたび話しはじめた。その声は温かい。

「クリスティナ。ずっときみを待っていたんだ」

「そう?」

「一晩じゅう、ここで並んで坐って、街を眺めるためにさ。きみもそう思わないか?」

「ここで?」と彼女は警戒する。「セーヌ河岸に行くのかと思ってた」

「ちぇっ、セーヌ、セーヌってさ、ぼくら、この一週間、いやというほど歩きまわったよね」

「あなたもセーヌが好きだと思ってたけど」。彼女は気分を害してつぶやく。それから皮肉をこめる。「でも、窓のそばに坐って考えるのも、あなたの習慣なのね、考える、そう、――あの縁なし帽をかぶってね!」

「ぼくだって、四六時中、考えてるわけにはいかないさ」と彼は不機嫌にいい返す。「いつもいつも、きみの魂やぼくの魂やぼくらの魂のことを語るのは、さすがにぼくだって飽き飽きするとは思わないか？」

「なら、このあたしはあなたの魂とやらに興味があるとでも？」とクリスティナはかっとなる。「冗談じゃないわ！」

気まずい沈黙が生まれる。

ふたりはおっかなびっくり互いの顔を見た。彼は窓のところに行き、窓ガラスを指で叩きはじめた。沈黙が重くなる。まるで叫びのように烈しく、ずしりと重くなり、みずからの不快さで破裂しそうだ。クリスティナのほうが白旗を掲げ、「なら、今日は、右岸に行ってみない？　たとえば――テルトル広場で夕食して――サクレ・クール教会を一周するとか――いいでしょ？」と哀れっぽくいった。

彼は激昂して振りむき、「いや！　いいわけない！　今夜は、きみにこの部屋にいてほしいんだ」

「そんなに驚いた顔をするなよ」と彼は苛々する。「なんで阿呆な旅行者みたいに、なにがなんでも街なかを走りまわらなきゃならないのさ？　ふたりっきりでいるほうが、ずっと穏やかで、ずっと愉しいじゃないか。ぼくらに時間はない！　一か月——そしてきみは旅立つ。もう二度と会えないかもしれない。街歩きやらレストランのほうがぼくより大事なのか？　どうなのさ？」

「そうじゃないけど」と彼女はぎこちなく答え、「ただ、——わかる？——そのう、はっきりいって、ちょっとおなかがすいてるの」と心もとなく笑う。「おなかがすいた？　食事？　わかった。——ぼくが下に走っておりて、なんか買ってくるからさ。どう？」彼女は肩をすくめ、机のほうに向きなおり、彼の画用紙を数枚めくりはじめた。

しばらく彼は黙っていたが、彼女をだきしめた。「わからない？　ぼくはきみに憧れてきた。これまでずっとさ。でも我慢して、なにもいわず、きみにほとんど触れてもいない。ただ、ぼくらの魂についてのつまらぬお喋りに終始した。ぼくらの魂なんて、くそ喰らえだ！　わかったかい、日々はあっ

というまにすぎさる。この春はぼくらにとって最後の春かもしれない！　ぼくが欲しいのはきみの魂じゃない、きみのすべてさ、わかるか！」

　クリスティナは身を振りほどく。怖かったし、驚いてもいた。「わからない——そんなこと考えたことも——だって——あたしにその気はないもの。がっかりしないわよね？」

　彼の顔がこわばる——理解できないのだ。

「まさか。きみだってその気のはずだ。なんできみはそうなのさ。ねえ、きみ、どうした？」

「その気はないんだってば」。彼女は拗《す》ねて譲らない。

「その気だって？　子どもっぽすぎる。たしかにきみはぼくが好きなのさ。ぼくは最初から気づいてたよ。そうじゃない？」

　彼女は口をつぐむ。すべてが一挙にむずかしく情けなく面倒になった。なぜ元には戻れない？　理想と互いへの讃嘆という暖かい雰囲気のなかで、軽やかに漂っていたあのころに。まったく理解できない。かつてはもっともたいせつで美しかったものが、あの愚かしくも無用の所作ひとつで、いまやきれいさっぱりふっ飛んでしまった。彼の魂なんかに興味はないといい放ったのが、ほかならぬ彼女自身であることが、なによりも気まずい。漠然とではあるが、すべては彼の鬚となにか関係があると感じていた。ああ、なんてややこしい！

ふいに郷愁《ホームシック》に襲われ、泣きたくなった。だれかこれ説明してよ！　この部屋から出たい。彼のことも彼の部屋も、好きじゃない。

「クリスティナ、答えてくれよ。ぼくの誤解なのか？」

「放っといて」と彼女はぴしゃりと撥ねつけた。「芸術家って理解できないわ。なんだか——偏屈で」

「きみも結局はつまらん中産階級《ブルジョワ》だ」と彼は陰鬱に決めつける。「頑迷で狭量で計算ずくの魂さ」

「黙ってよ」と彼女は遮る。「じゃあ、あなたは何様よ！　人類を幸せにするとかのくだらない赤い染みは、いったいなに？　視野に入ってくる染み？」と意地悪く彼の口調を真似る。

彼はしばらく陰気な顔で彼女をみつめ、顔を壁に向けてベッドに倒れこんだ。彼女は涙を押し殺して立ちすくむ。傷ついた彼の背中を見る勇気はない。痛ましい罪悪感が喉もとにこみあげる。人生についての解釈を、ひとつの理想をまるごと裏切ってしまった気がする。なんで鬚を剃っちゃうのよ！　おかげで彼の言葉がどことなく愚かしく響いて、ちっとも状況にそぐわない。彼が招きいれてくれた「断じて」や「かならず」の世界、月光や昇華の世界を、彼女はもはや信じることができない。しかも彼自身も信じられないようだ。ぞっとする。これがみんな鬚のせいだとは。自分が厭なふうにちっぽけで薄っぺらいと感じる。自分たちが哀れになり、波風たてずにことを収めたいと思いはじめた。永遠かと思える数分ののち、彼女は小声で「行こう、ね？」と訊いた。

彼はさっと身を起こした。髪の毛が逆立っている。しばし彼女を憮然として見た。それから黙って立ちあがり、帽子をとり、彼女のために扉を開けた。「お望みのままに」。彼はふてくされ、暗闇のなかをつまずきながら階段を降りる。「弁解はしない。しょうがないさ――どうせぼくは偏屈な芸術家だからね」

クリスティナはいささか発作的にくすくす笑った。

「きみは笑ってる！」彼の声が怒りで鋭くなる。「なるほど――きみは満足なのか、ぼくらが出かけるから――それも食べるために！　食事なんて、家に帰ればいつでもできるだろ！　女って理解できない！」

彼は扉を押しあけ、大股で庭に出た。

ふたりは通りの角で安食堂に入った。夜も更けて、ひとり居残った客が食後のデザートを平らげている。

「さあ、なにがいい？」

「あなたの好きなもので」と彼女は気弱に答える。彼は献立表から適当に選び、指で丸めたパンを転がしはじめる。クリスティナはどうにか彼を宥《なだ》めて、愉しい食事にしようと努める。だが、どんな質問も話題も、最小限の単語に迎えられるか、不機嫌な沈黙に呑みこまれるかに終わる。

コーヒーのときに、「一週間、きみとは会いたくない」と彼はいう。それから「なんでそんな顔をする？」とも。

また折あしく笑いがふつふつと彼女のなかで湧きあがる。あるときママがしてくれた若いころの挿話《エピソード》を思いだしたのだ。テーブル越しに思わず身を乗りだし、その話を彼に語った。

「ママもパリにいたの、あたしと同じくらい若いころにね。それで画家に出逢って、その画家がママに恋をした。ただ、ママにはなかった——その気がね。すると彼はいった——一週間、きみとは会いたくないって」

「それから?」と彼は意に反して興味をそそられる。

「一週間、ほんとに姿をみせなかったの」

「それから戻ってきた? 思いなおして?」

「いいえ。彼はこういった――セーヌに身投げするって」

「ぼくも同感だな」と彼は暗い顔をする。「きみのママもきみとそっくりでさ、彼が身投げするのを放っといたんだろうよ」

「まさか! ママは彼が本気だと思ったわ。だから一晩じゅう、彼を気遣いながら河岸を連れまわして、しまいにふたりとも精根尽きて歩けなくなり、家に帰って寝たんだって」

「いっしょに?」

「まさか!」

「で、翌日――彼は死んだ?」

「とんでもない! 数日後には、ちゃっかり新しい恋人をみつけてたわ」

彼は信じられないという顔で彼女を黙ってみつめ、「やっぱりきみは母親そっくりだ。ぼくを路上に放ったらかしにしておくんだ、一週間も——いや、二週間だってね」と決めつける。彼はふたたび自分の殻に閉じこもった。

彼女は気落ちして、自分の境遇に似たほかの笑い話も思いつかない。人気《ひとけ》の失せた安食堂から灯が消え、彼は鉤《かぎ》に掛けていた帽子をとった。

天はいまや雲もなく、清々しい青に染まる。穏やかで涼やかな春の風のなかで、樹々は細やかな新緑の若葉を震わせもせず立っている。彼は視線をアスファルトに落として先を歩く。クリスティナはちょっと遅れて小走りに後を追う。周囲の美しさに彼が気づかないのは自分のせいだと感じて、赦しを乞うかのように彼の腕にそっとふれた。彼は前を向いたまま彼女の手をとると、いっしょに腕と腕を組んで歩きはじめ、彼女に合わせて歩調も遅らせた。沈黙は一転して安らかで穏やかなものに変わり、彼がもう怒っていないことがわかる。こうしてふたりは通りから通りへと歩きつづけ、大通りからずいぶん離れた古い区画に入りこんでいた。現実とは思えない静けさ。

クリスティナはあらたな試みをする。

「ねえ、今年の復活祭はいつ？」

「知らない」と彼は答える。声を聞いていると、彼の心が離れているのはわかったが、それでも試みをつづける。「知ってる？　あたしの国では子どもの木靴に贈りものを隠しておくの――復活祭の朝にね。あたしも玩具をもらって――子どもの振りをして遊んだわ。それから……」

「そうか、復活祭だ！」と彼は遮り、「わかった、こうしよう。ぼくらはフォンテヌブローに行くんだ、ふたりいっしょにさ。きみがモデルで、ぼくが描く！」

ほんの一瞬、彼は生気をとりもどし、嬉しそうに彼女のほうを振りむき、彼女の手をとり、強く握った。

「小さな宿に泊まろう。どう思う？」

「そうね」と彼女は不確かな口調で答える。「でも……」

「でも、じゃなくてさ、ねえ、きみ。考えてごらん。朝はきみが先にめざめてね、こういうのさ。——起きて、起きてよ！　さっさと。太陽が照ってる——。でも、ぼくは寝返りをうって、まだ眠ろうとする。するときみはぼくを揺さぶる。ようやくぼくは眼を開けて、すばらしさに気づき、自分がどんなに幸せかを思いだすってわけさ。窓の外には花盛りの樹が一本立っている。ぼくらは立ちあがり……」

彼はすっかり有頂天になり、彼女の顔に計画への同意や熱意を必死に読みとろうとする。彼女はつらくなる。花盛りの樹の美しさは彼女にもわかる。めざめるときに自分は幸せだと彼に思ってほしいと、心の底から思う。彼の手からそっと自分の手を振りほどき、彼と眼を合わせようとはしない。彼の声から熱意は消え、彼はぎこちなく訊く。「なんで嫌なのさ」

「あなたの部屋の外から扉を叩いて、太陽が照ってる！　と叫ぼうか？」

と軽くふざけてみた。「それでも同じよね?」

彼は返事をせず、彼女も沈黙を破るあらたな試みはしない。うんざりだ、家に帰りたい。

彼は立ちどまり、「きみとは別れる。もうやっていけない」といった。

「なに?」と彼女はのろのろと訊く。

「聞こえただろ。別れるしかないんだ」。そして語気を強める。「わかったかい、このざまだ。諍《いさか》い、悲嘆、不和。きみがぼくに拒むものが、ぼくの頭から離れない。ぼくはうんざりし、仕事ができず、不幸せになる。魂? それはなに? 身体と魂でなきゃ。すべてか、無か、のどちらかさ」

彼がなにをいっているか、彼女にもようやく呑みこめた。彼のほてった震える顔をみつめているうちに、どうやら安堵に似たものがこみあげてきた。

彼女はそれを罪悪感で相殺し、いわば妥協点をみつけて彼と向きあい、彼を慰めて宥めようとする。彼女はいま、なにひとつ確かなものがない変てこで異質な世界から追放されるのだ。彼の手で。その限りなき安堵感がいっさいをきれいさっぱり拭いさる。

ごく小さな声で彼女は答える。「たしかに、そうね」

歩きながら彼女は大いなる感謝の念をおぼえる。彼はたった数語で困難をすべて粉砕してくれたのだ。もはやセーヌ河岸をそぞろ歩く必要もない。引用と警句のあいだであやうい均衡《バランス》をとる必要もない。わざわざフォンテヌブローまで行って、朝、彼を起こす必要もない。彼女はまたクリスティナ・ブルムクヴィストに戻った。なんてすてきで、なんて単純なの。

ルクセンブルク公園の近くに、小さな四角い広場へとつづく数段の階段がある。ふたりは階段を昇ってベンチに腰をおろす。街灯がマロニエの葉むらを照らしだすが、葉むらといってもさほど茂ってはいない。春はまだ若いのだ。まるで舞台の書割のように、黒々とした建物の正面《ファサード》の上方でふたたび赤みを帯びてきた空を背景に、葉むらがその輪郭をくっきりと際だたせる。三本の折れた柱が立っている砂の上に、葉むらが細かい網状に影を落とす。ふたりは互いの手をとり、身を寄せあって坐っている。あたりは静かだ。一度だけ、一組の男女が砂の上を横ぎって、いちばん離れたベンチに腰をおろした。

「で、どうするのさ?」と彼はついに口を開く。

「わからない」とクリスティナは答える。「でも、なんとなくだけど、これでいいんだと思うわ」

どこかで時計が時刻を告げ、ふたりはのろのろと腰をあげる。彼は屈みこみ、地面からなにかを拾いあげた。彼女がつけていた一輪の花だ。彼女をしげしげと見て、花を彼女の唇と頬に押しあててからポケットにしまった。

クリスティナの口は砂と花粉だらけになったが、彼のこの仕草は真摯で美しいと思った。鬚があろうとなかろうと、彼のことはとっても好きだった。

でも、ついていく気はない。「きみは」と彼はいう。「ぼくが先に死んだらさ、お墓に花を供えてくれる？」

「もちろん」とクリスティナは厳かに答える。「花で埋めつくしてあげる」

「それから、ぼくのことを思いだしてくれる、たまには？」

「いいえ、いつもよ！」


かくもふたりは感傷的なのだった。陳腐な状況であることは彼女もはっきり自覚していた。と同時に、あえて陳腐さをうけいれるなら、なんらかの洗練を引きだしうるとも考えていた。

それから彼は背を向けて去っていった。彼女は立って、つらつらと考えながら、彼が角を曲がるまで見送った。あまりに強烈な感謝の気持に胸が苦しくなるほどだった。

大通り<ruby>大通り<rt>ブールヴァール</rt></ruby>

大通り（ブールヴァール）

大通り《ブールヴァール》はたしかにパリで生まれた。子孫の小路らが生みの母にまで遡ってくることはついぞない。母なる大通りのほうはすくすく育ち、まばゆく輝き、燃えあがる広告の冠で夜の建物を飾りたて、怒濤のごとき車列の発する光でアスファルトを照らす。

夕べの薄闇から、ひょろひょろと狭い脇道が伸びていく。とるにたらぬわが身を恥じるかのように。

脇道に人気《ひとけ》はない。いっさいは大いなる雑踏の渦へと呑みこまれ、渦巻きながら溢れでて、食前酒《アペリティフ》のおめでたい時間へと膨れあがる。やがて喧騒《ざわめき》はいよいよ強くなり、真夜中へとなだれこむ。

ムッシュ・シャタンはマドレーヌの近くに、聖書によれば大きな罪をおかし、心を入れかえ、悔い改め、聖人とされた女の名にちなんだ教会の近くに、ひとりで住んでいる。

若き日々をうかうかと呑気にすごしたとはいえ、ムッシュ・シャタンはこの教会にある種の愛着をいだいていた。

教会の近隣に住みたかった。たんに慣れ親しんでいたからという理由で。とつぜんの変化を好まぬ性格《たち》でもあった。そう、このままでいい。

なんといっても、マドレーヌ大通りはここから始まる。この大通りからはどうにも離れがたい。パリを離れることなど、はなから考えもおよばぬように。

こうやって、おだやかな平衡《バランス》を手にいれたのさ、人生の最終目標ってやつをね、と彼はひとりごつ。ひねくれた連中にいわせりゃ、あてもなく人生をのらくらすごすのは、けしからんとさ。

なんにせよ、彼はひとり身で、気の向くままに、なんでもできる。

窓の下で「パアアリ・ソワアアル！」と新聞売りの少年が叫んでいる。彼の身体はそわそわと、矢も楯もたまらず、外に出る。春だ。春は、すこしずつ茫洋たる憧れをはぐくみ、なにか大きなできごとが起きる、いや、起きねばならぬという確信を彼に与えてくれる。冬はこれをずっと待っていた、いまこそ、彼の身になにかが起きるのを。

こういう感覚は青二才むきで、自分にはふさわしくないと百も承知の彼は、こう弁解する。「〈できごと〉と命名される、むなしいうわっつらの現象とやらに憧れるとき、われわれは自分を欺いている。すべてはわれわれ自身のなかで起こる。そもそも、わたしのように優れた観察力――みごとに獲得された能力――の持ち主にとって、周囲のいたるところに偉大なる〈できごと〉を発見するのは、ちっともむずかしくない。一晩、大通りをぶらぶらするだけで充分でね……」

ムッシュ・シャタンの贔屓《ひいき》のビストロはイタリアン大通りにある。ここにはまともなバーテンダーがいる。この男を相手に、最新のニュースに論評を

加え、人生の椿事について哲学的思索をめぐらせもする。人生といっても、いうまでもなくパリ的視点から見た人生だ――これ以外になにがあろうと、彼らの興味は惹かない。ふたりとも大きな動脈――マドレーヌ大通りに始まり、レピュブリック広場の近くで終わる――のあたりを徘徊する。

「この地域だけで、あらゆる局面における人生を観察できる――これ以上は必要ないのさ」と、ムッシュ・シャタンは深遠な口ぶりで宣言する。「行き交う連中の顔ぶれは、それこそ名前みたいにころころ変わるがね。サン・ドゥニ大通りになると街路は薄暗くなり、客筋も住人の毛色もちがってくる。その端のほうはすでに観光客たちの餌食となって――連中の俗物根性にぴったりのざまだ――ちぇっ――」

「観光客はありがたいよ」とムッシュ・ジルベールはいう。商売人なので、はるかに即物的なものの見方をする。ムッシュ・シャタンは観光客についての持論を熱っぽく展開する。連中は愚かしい生きもので、存在意義なんてありゃしない。われもわれもとパリを観たがるのは、遺憾ながら――まあ、当然だな――それにしても、もうちっと殊勝な顔をするのが分相応ってもんだがね。ホテルの部屋、愚にもつかん土産、ムーラン・ルージュ――フォリー・ベルジェールも外せんな――劇場の入場券やらを買っただけじゃなく、札びらと引き換えに街をそっくり手にいれたかのごとき振舞いにおよぶのさ。

連中ときたら、これまで眼にしたことのないすべてにほほ笑みかけ――まあ、ここパリにはほほ笑みを誘うものが山ほどあるとはいえ……。

ムッシュ・シャタンは憤懣やるかたないようすで、帽子をかぶってビストロを出た。顔の表情から察するに、今後はべつのビストロにせっせと通うことになろう。

じっさいのところは、心は浮き浮きと昂揚し、爽快だった。諍《いさか》いと二杯のペルノのせいで、沈みがちな気分も晴れやかになった。春の外気が心地よく彼のほてったこめかみを撫でていく。

あちらこちらで灯がともり、広告が煌々《こうこう》と輝きはじめた。ムッシュ・シャタンは異教的ともいえる崇拝の面差しを灯に向ける。陽光の代用となる照明が大好きだ。これにくらべれば陽光は蒼白いばっかりで、いささかも興味がもてない。

脇道の薄暗い入口などはなから相手にせず、増えていく人波へとゆっくり呑まれていく。

きらきらと誘いかける映画館の前で足をとめ、しばしその煌《きら》めきに身をさらし、煙草に火をつけ、考える。「パリはつまらなくなったとほざくやつがいるが、俺はちがうぞ。観光客どもよ、俺の街を好きなだけひっかき廻すがいい――どうせたいした悪さはできまい。そう、だれにもな。パリの街はいつでも同じ。そうでなければならんのだ。女たちもな。ただし、金色に塗られた爪がのぞくサンダルとやらは、あんまりぞっとしないがね。それでも変わらず美しい、ほんとうに美しい……」

眼の前を若い男たちが歩いている。無関心を装った洒落を決めこんで。ムッシュ・シャタンは彼らを感慨ぶかく観察する。

「芸術家の卵たちも同じだ、あいかわらず腕をぶらぶらさせて。だが、ぴたりと貼りつくあの小さい帽子には慣れないなあ。昔はつば広の帽子が決まりだったのに。だが、あいつらが生やしている短いうぶ毛みたいな鬚《あごひげ》は嫌いじゃない。また、あれが流行るといいが」。それから皮肉な笑みをうかべ、「あいつら、雁首そろえてキリストにでもなる気かな」といった。

ムッシュ・シャタンは肩をすくめ、ふうっとため息をつく。ああ、いい気分だ、こんなふうに好きなように、あちらこちらで人間どもとつきあえるってのは。ふかい満足をおぼえた。ひとり身ってのはいい、だれにも頼らずにいられる。彼、ムッシュ・シャタンは過去に恋々とするでもなく、未来に怯えるでもなく、現在に生きる。ムッシュ・シャタン自身とおなじく、人間についての彼の洞察や諷刺もまた、だれにも知られずじまいであったとしても、そんなことはどうでもよい。ほんとうに偉大な人間はだれにも知られず無名にとどまるものだ。

かつては、彼も絵を描いていた――あいつらとおなじく、あの界隈で。だが、大衆に真珠を投げあたえるのはもうやめた。評価もできず理解もできない輩だ。「せいぜいルーヴルに行くがいいさ。あそこには一般大衆に知られた芸術があるからな。たしかに、俺の最盛期の作品を凌駕するものも少なくない。それは認める」とムッシュ・シャタンはいう。なかなか謙虚な男なのだ。「しかし、中途半端な大家とやらにはむかつくね。最高の名人――でなけりゃ、俺はだれも尊敬しない」。夕食の時間だ。

定食だけの安食堂はくだらないとはなから相手にせず、ムッシュ・シャタンはまずまずと思える地元の店にたどりつき、舗道のテーブルをじっくりと物色する。つぎつぎと通りすぎていく人びとの流れを観察できるテーブルを選び、例によってポタージュを注文する。テーブルクロスの真紅の色は大いに気にいった。照明の光は暖かく柔らかく、人びとの顔を美しくみせる。

近くのテーブルには若い男女が坐っている。娘は大きな明るい色の帽子をかぶっている。ドレス、顔、髪と、娘の全身がばら色に染まるのを、ムッシュ・シャタンは興味津々でみつめた。娘はよく笑う。おそらく若い男が滑稽譚でも語っているのだ。

娘はオリーヴを注文し、ひとつずつ口に放りこむ。種を吐きだすとき、信じがたいほど子どもっぽい顔つきをする。ムッシュ・シャタンはこの若い男女に興味をよせ、つらつらと考えた。この青二才はなにを喋ってるのか——ふたりは許婚《いいなずけ》なのか。いいや、それはないな。今晩、はじめて出逢ったにちがいない、そうと決めた。

彼女は照明が気にいったのか、小刻みなすばやい仕草で髪をいじりながら、片方の手袋をはめては、またそれを脱ぐ。みるからに、なにか気の利いた返事を捜している。だが、諦めてただ笑うだけで満足する。「まあ、それがい

ちばん賢明だな」とムッシュ・シャタンは達観する。

いま、娘はフォークでフライドポテトを突《つっ》きまわし、頬を赤くし、なにかを落とす。小さな手鏡がムッシュ・シャタンのテーブルの足もとに転がってきた。若い男が振りむく。ムッシュ・シャタンは手鏡を男に手渡しながら、明るい肌色の落ちついた顔をじいっと見た。「俺とそっくりだな」と考える。「おんなじ表情だ。ばかばかしい結びかたのネクタイまでも」

この若い男女への関心がいよいよ昂じ、ふたりがどうやって出逢ったのか、なにを生業《なりわい》としているのか、夕食後に彼は彼女をどこへ連れていくつもりなのか、ふたりがすでに互いが好きなのかどうか、などと想像を膨らませる。「小説《ロマン》の始まりってやつだ」と彼は考える。「みとどけてやる、ふたりが今宵をどんなふうに終えるかをな。この手のささやかな挿話のいきさつを追って観察眼を研ぎすますのは、俺に課せられた責任というわけさ」

ムッシュ・シャタンは訳知り顔で保護者ぶってほほ笑み、顎《あご》をふかぶかと胸に沈め、待った。

外は街からの赤い反映をうけて、いかにも夜らしい色になっていた。ムッシュ・シャタンがふたりを追って街路に歩みでると、若い男が彼女に菫の花束を買い、満足げにうなずくのが、眼に入った。

娘はちょこちょこと歩き、ときおりショーウィンドウの前で立ちどまり、黙ってうっとりする。音楽の聴こえる店に近づくと、速度をゆるめる——そのくせ踊る気はさらさらない。ムッシュ・シャタンはふたりを追いかけて、モンマルトル大通り、ポワッソニエール大通り、ボンヌ・ヌーヴェル大通りを歩く。

散策者の数はまばらになり、娘はもはや店のウィンドウを覗きこもうとしない。サン・マルタン大通りあたりで、ふたりは互いの腕をとった。ムッシュ・シャタンはうなずく。

「ああいうのは俺にはもう縁がない——まあ、いいさ、覚えはある。身を固めたことはないがな」

ふたりはずいぶんゆっくり歩いていたが、ふいに脇道へと曲がった。その続きを見たいという願望にあらがえず、ムッシュ・シャタンはためらいもせず薄暗がりへと歩を進める。たんに最後までみとどけたかった。

ところが奇妙なことに、事態はもはや彼の手に負えず、いままでのようにはいかない。物語《ロマン》から閉めだされた。彼にふたりの話し声は聞こえない。ふたりは通りの端まで屈託なく変わらぬ足どりで歩く。怖るべき疑念が走る――ふたりは兄妹なのか。まさか――いや、ちがう。ふたりは足をとめた。ムッシュ・シャタンはふたりが向きあうのを見て、にんまりした。

そのとき、車のヘッドライトが闇を切り裂いた。若い男は頭を上げ、車を呼びとめ、ドアを開けた。一瞬、ムッシュ・シャタンは、眩《まばゆ》い染みのごとき娘の帽子を見た――そしてヘッドライトの光はアスファルトの上をすべっていき――いま、通りはからっぽになる。

いまだかつてない大いなる悲哀がムッシュ・シャタンに襲いかかった。若者たちはさっさと車に乗って消えうせ、彼には傍にいて考察をめぐらせる余地すら与えなかった。それだけのことなのに。ふいにムッシュ・シャタンは孤独な老残の身の寂寥を感じた。裏小路の薄暗がりから彼に向かって見知らぬ不気味な考えや問いが押しよせてくる。

彼は手で不機嫌に払いのける仕草をする。以前はこうやってクロッキーの素描をセーム革で拭いて消したものだ。

だが、この見知らぬなにかは消えてくれない。そいつはつま先にまで忍びより、彼の身体のすべてを占有せんとする。そのとき彼は遠くから大通りの喧騒《ざわめき》を聞いた。くるりと身をひるがえし、大通りに逃げかえった。

ムッシュ・シャタンは悪い夢から抜けでて、ふたたび光のなかへもぐりこむ。震えながら佇《たたず》み、深く息を吸うと、マドレーヌ大通りのほうへゆるゆると歩きだした。

手紙

フォーペル氏はゆっくりと眼がさめた。いつものことだ。ついさっきまで錯綜した極彩色の夢のあやふやな霧で充たされていた脳みそが、一気に冷え冷えとしてからっぽになったと感じ、痙攣する眼を閉じて冷気と空虚がひろがるさまを察知すると、ひどく不愉快な気分になる。ところが今日はちがった。室内は心地よく暗くて暖かい。夢が消えうせてもなお、その新しいなにかは彼を包みこんで上に下にとやさしく揺らす。かなりたってから、それが音楽であることにフォーペル氏は気がついた。演奏は隣室から聴こえてくる。しかも美しい。彼だけのために、それも今日だけ。すばらしい。彼は長いあいだ身じろぎもせずに横たわり、ほほ笑んだ。はっきりした律動《リズム》も旋律《メロディ》もなく、予期せぬ調子や音色がしだいに強まり、ついには心奪われる雷鳴となる。

これを聴くやフォーペル氏は自分がひとかどの人物だと思えて、それがなにかは曖昧ながらも並々ならぬ離《はな》れ業《わざ》をやってのけられる気がした。寄せくる音色に誘われて頭が荒々しい逆波のなかに放りこまれる。「わたしは王だ」とフォーペル氏は誇らしく思った。その波が穏やかに静まってくると、彼は眼に涙を浮かべ、つらつら考える。――まっとうな生きかたをしなくては。このままじゃまずい。夜明けに帰宅して、日がな一日、寝てすごす。なんて哀れな男だ――。ふいに、音楽が消えるのではとの恐怖に駆られて起きあがる。薄暗い室内をよろめきながら何度も家具にぶつかるが、悪態をつくのを堪《こら》える。帽子をとり、急いで外へと向かう。蓄音機の音色は消え、遠くから単調な喧騒《ざわめき》が迫ってくる。「ありがたい、人に会わずにすんで」と彼は昂奮してつぶやき、頼りない足どりで無人の通りに出ていく。

両手をズボンのポケットに突っこみ、眼を閉じて、風になびくまばらな鬚《ひげ》を蓄えた顎《あご》を突きだす、冴えない風体の小柄な男。音楽の魔法の呪縛いまだ解けず、ぼそぼそとつぶやきながら、ドレスデン駅に足を向ける。

霧雨が降っている。曲がり角で突風に生温かい春雨を顔に叩きつけられ、「くそっ！」と思わず罵《ののし》った。

その瞬間、フォーペル氏はひどく気落ちする。「すっかり台無しだ。天上の音楽で眼がさめて、女家主にも出くわさず、料理の匂いも嗅がずに階段を降り——、あらたな驚くべき荒業をやってのける準備万端で、王さまよろしく意気揚々と通りに出た、——なのに、この雨だ。堂々たる君主に冷や水を浴びせ、ちっぽけな平々凡々たるフォーペル氏に変貌させるには、これで充分というわけさ」

無意味さの灰色の外套ですっぽり蔽《おお》われる。日々の孤独の悲哀を忘れさせてくれた音色を思い出そうとするができない。すべてが元の木阿弥だ。こういう日は、自己憐憫でみずからの傷を舐めつつ、駅に出かけては発着する汽車や往来する人びとを熱っぽくみつめたものだ。

幸せな連中だな。どこかに根を生やしたりせず、しょっちゅう根を引っこ抜いては、果敢に雑踏に揉まれながら地表を駆けめぐる。どこにも落ちつかず、どこにも居場所がない。「わたしもそうだ」とフォーペル氏は挑発的に頭を振った。「連中とおなじく。ただし連中の金は持ちあわせていないがな」

そこで彼は駅に向かう。すでに時刻は遅い。だが駅には夜通しで灯と活気がある。黙って案内窓口までぐいぐい進んでいき、発着する汽車や乗換えの情報を案内係の男に尋ね、都市と都市をつなぐ驚嘆すべき距離を地図上に指さす人びとの言葉に、注意ぶかくうっとりと聞き耳をたてる。案内係はなんでも知っている。淡々と丁重に私情を交えず、旅行者に便宜を図ってやる。ローマ、パリ、ルツェルン、シュチェティン、フランクフルト、なんでもござれだ。

フォーペル氏は恍惚として立ちつくし、案内係をみつめる。その動作と言葉は簡潔にして確実、一秒も時間を無駄にせず、無為に力むこともない。羨ましい男だ。フォーペル氏はおずおずと列に並ぶ。身体が烈しく震える。予想外に早く順番が来た。焦って地図を引っぱりだし、この多忙で几帳面な男の前にひろげ、ぼそぼそと口ごもる。「あのぅ、申し訳ないが――ええと――ミュンヘンとコンスタンティノープルの接続を――できれば朝の汽車で――」

フォーペル氏がはるばるコンスタンティノープルまで旅することを、案内係はいささかも奇妙だとは思わないらしい。案内係は本の頁をつぎつぎと繰って、メモを書きつけ、時刻表の上に確実に手際よく長い人差し指を走らせる。人びとが待ちきれずに列を詰めてくる。

フォーペル氏は恥ずかしさで泣きそうになり、こう喚《わめ》きたかった。「失敬、皆さん、わたしのことはお構いなく。コンスタンティノープルには行きませんので。お尋ねしたのも、ただの暇潰しでしてね。いや申し訳ない」。でもそんなことを喚きはしない。ただ恥じていた。びっしり書きこまれた紙片を手渡され、いくつか聞きとれない指示をうけて、ひっそりと立ちさった。ルツェルンからの汽車が轟音とともに入ってきて、やがて静かにゆったりと停まった。

乗降場《プラットホーム》が旅客で溢れかえる。フォーペル氏は壁に押しやられ、幸福と羨望を味わう。旅客は前のめりで、駅の魅力に頓着もせず、重い荷物を手に、そそくさと彼の横を通りすぎる。連中は斜めに駆けていく、まるで猟犬みたいに、と彼は思う。

そのひとりが足をとめ、彼に視線を向けた。年配の女性だ。彼は彼女にほほ笑む。「やれやれ《マイン・ゴット》」と女性はいい、「あの赤帽《ポーター》とね、大喧嘩したわ。ほんとに恥知らずだと思わない？ 人の荷物を数メートル運ぶだけで一ライヒスマルクも要求するなんて。恥知らず、そうじゃない？」フォーペル氏は熱心にうなずく。ありがたい。「奥さま、お手伝いしましょう。わたしは自分の手荷物は預けてきました、あなたもそうすべきです。旅慣れてくると結局はこれがいちばんですな」。彼は浮き浮きと喋りながら、改札口まで彼女に同行し、路面電車に乗る手助けをした。鼻歌を歌いながら駅にとって返し、「旅行者救護施設」と掲示された扉に向かった。「こんにちは、ヴァルトマン夫人。今夜は人が多いですね。いえ、ちょっとお尋ねしますが、ニュルンベルクから到着した若い女性はいませんか――ロッテヒェンという名の姪でして。姪はわたしの住所を知らないので、もしかしてこちらに来たのかなと思いましてね。いっしょにローマに行く予定でした。若い人は見聞を広める必要がありますからな。わたしたちも昔はねえ、ヴァルトマン夫人――そうじゃありませんか――。ええ、つぎの汽車で来るかもしれませんね」。彼が立ちさろうと背を向けたとき、「ちょっと待って」とゆったりした黒い衣服の伝道師の女性が叫んだ。「たしかにロッテ・フリッシュという女性のお世話をしました。七時三五分着の汽車でしたね。それでヴィンケルマン通りのうちの寮《ハイマート》を紹介しましたよ」

フォーペル氏は立ちどまり、当惑して眉根を寄せた。「いや、ほんとうに？ヴィンケルマン通りですか？　おやおや、迎えに行かなくては」。「痩せっぽちで寄る辺ない感じでしたよ」とヴァルトマン夫人はつづける。お喋り好きなのだ。「いまにも泣きそうな顔でここに来ましてね。ほとんどお金もなく。だから小躍りして……」

「ああ、なるほど」とフォーペル氏はうわの空で答え、挨拶をして立ちさった。

だがもう駅にいても愉しくない。自分が愚かしく思える。ここでなにをしているのか。ゆっくりと、重い足どりで、帰路についた。

「ああ、フォーペルさん」とロッテ・フリッシュはいい、ポテトサラダの上に身を乗りだす。「フォーペルさんて、ほんとにお優しいおじいちゃま」。フォーペル氏はどうにも決まりが悪いが、娘を興味ぶかく観察する。会ったことも名前を聞いたこともないのに、あの夜に駅でやらかした子どもじみた言動のせいで、この娘に責任を感じるはめになったのだ。帰宅後も彼女のことが脳裏を離れず、平静が保てなかった。おまけに、あの気のいいヴァルトマン婆さんが電話を寄こし、娘と会ったかと尋ねてきた。彼はやむなくヴィンケルマン通りに出かけ、このロッテは彼のロッテではないことを、真に迫った失望とともに発見した。だが、そう単純にはいかなかった。

彼女は薄暗く狭い庭に出てきて、期待にみちて彼をみつめる。半開きの扉の明るい隙間から、食卓を囲んでいる八人、いや、一〇人ほどの若い女性の姿が見えた。ふたりの顔合わせに興味津々というところか。彼は居心地が悪く、咳払いをする。「さて、お嬢さん。わたしはフォーペルおじさんだ。そのう、きみがもしや姪のロッテじゃないかと思ってね。だが、ロッテ違いだったようだ。残念だが」

くそっ、みっともない醜態だ。もちろん彼女は泣きだした。ほかの娘たちも庭に出てきて、「まあ、フリッシュさん、どうしたの?」と騒ぎだす。

だれかが彼女たちを連れもどし、扉を閉めた。狭い庭は静まりかえり、フォーペル氏はいたたまれない。彼女が言葉に詰まりながらも早口で喋りはじめたときは、ほとんど感謝さえした。「ひどい住まいなの、ここは」と彼女はいう。「おじさんのロッテがここに来なくてすむのを祈るわ。彼女が万が一ここに来でもしたら、一刻も早く連れだしてあげてね。あの人たちの保護者ぶった親切には息が詰まる。わかってはもらえないでしょうけど。一晩八〇ペニヒで泊まるの、仕事がみつかるまでね。ときには何週間、いえ、何か月もかかる。いっしょに食事をしなきゃならないし、だれもが互いに馴れ馴れしく、互いのバターやお茶にも馴れ馴れしい。ここは大家族の代用ってわけよ――ぞっとする――」。彼女は口をつぐみ、「ごめんなさい。変なことい っちゃって」

彼女が背を向けて帰ろうとしたとき、まるで友人が、長いつきあいの友人が離れていくみたいだな、と彼は思った。そこで、いっしょにどこかで食事をしないかと誘った。彼女はついて来た。空腹だったのだろう。

かくて、いまや彼女と向きあって着席し、「お優しいおじいちゃま」などと呼ばれている。若い娘との交流によって孤独な老いた氷片が解け、その後、彼女を養子にするといった感動的な物語だってありえるな、とフォーペル氏は考えた。くだらん。情けない役回りだ。ふと、この氷片が裕福でないことを思いだし、安堵をおぼえる。この夕食で終わりだ。この娘に喋らせておこう。じっさい、彼女はよく喋る。「寮のことを話してくれないか」と不器用に水を向ける。「万が一わたしのロッテがそこに来たときのために」。「そうね」と娘は真剣に答える。「あの家の雰囲気、わかってもらえるかしら。不安でいっぱい、感傷的すぎて気分が悪くなるほど。いつも人がいるの。いわゆる〈避難者〉も入ってくる。中年女性も来る、ときには子連れで。しかもかなり長居をするわ。でも、おおかたは仕事を探してる若い娘。コーヒーとアスピリンと希望とポテトサラダで生きていてね、銭湯には洗濯物を残らずかかえて行く、変な子ばかり」。フォーペル氏は申し訳なさそうに彼女の皿を見て、「ほかの料理を注文すればよかったかな」とつぶやく。ロッテは嬉々としてポテトサラダの皿を押しのけた。「気にしないで。ポテトサラダは嫌いじゃないわ。安いし。――あたしね、大きなソーセージを隠し持ってたの。初めのうち、みんなは見てるだけだったけど、そのうち共有《アルゲマイン》とやらを仄《ほの》めかしたわ。そして昨日、ソーセージに襲いかかって山ほど小さい細切れにした。ここはひとつの大きな家族なのよ、だって。あたしはお高くとまって孤立してるんだそうよ。ばかみたい、でしょ?」フォーペル氏はそうだねと同意する。

彼女はその後もしばらくソーセージについて鬱々と語った。彼にはその気持がよくわかる。――けれど彼女は自分のことは語りたがらない。数日後、ふたりはブリュールのテラスに坐っていた。娘はエルベ河の向こうの暗闇を眺めながら、ようやく話しはじめた。

ハンスについて。いまはとってもいい感じなの、と語る彼女の顔は暗がりのなかだ。フォーペル氏はあまり喋らない。おかげでハンスのすべてがわかった。

ロッテの寄宿先を知っているのに手紙を寄こさないハンス。そうはいっても鷹揚で驚嘆に値するハンス。格好よくて若さ溢れるハンス。ロッテの横に坐って耳を傾けるほどに、フォーペル氏はいよいよ老けこみ縮こまる。

たしかにフォーペル氏は聞き上手だ。ほどなく六歳から二〇歳までのハンスの人生を隈なく知りつくした。——埠頭に灯がともり、河岸のボートが上へ下へと揺れる。ピルニッツ宮殿またはザクセン・スイス国立公園で日曜をすごした人びとが市内に戻ってきた。もちろんフォーペル氏だって若いころはもっと遠くまで出かけた。昔はずいぶん旅をしたものさ。ロッテが彼の考えに飛びつく。「あたしたちラインラントまで行って、作柄のよい耕地のある暖かいところに住みたいわ。たとえばモーゼルとか。ハンスの希望ではそうだった。でもいまは——どうだか、わからない——」

フォーペル氏には彼女をうまく慰められない。この数年、話をする必要はついぞなかった。いまはもっとうまく話せたらいいのにと思う。だがロッテは彼になにも期待していない。彼女は遠くにいる。心は彼の知らないどこかにあって、そこに戻りたくてしかたがない。——かくて日々はすぎていく。フォーペル氏はもはや孤独ではない。もっとも、めったにヴィンケルマン通りには行かない。ひとりで、ひたすらロッテとハンスをめぐる長い物語を紡ぎだす。まずはふたりの若くて危なっかしい愛を、無数の行き違いと仲直りや、ブリュールのテラスですごす甘美な沈黙の時間やらを寄せ集めて創りあげる。つぎにふたりを結婚させ、南部のラインラントに赴かせる。あれこれと迷ったあげくコブレンツの近郊に住まわせた。そうとも、あそこは美しいところだ。やがて小さなロッテたちやハンスたちが生を享ける。彼らを花咲く桃の木蔭に坐らせ、ママのロッテに語らせる。「ドレスデンにフォーペルさんというおじいちゃまがいてね。その人がいなかったら、おまえたちは生まれなかったのよ。それとも、ほかの家の子になっていたかしら。もうとうの昔に亡くなって、ママの記憶のなかで安らかに眠っているわ。ある晩のこと、ママはいつも以上にひとりぼっちで悲しい気分でいたの。ほかの人たちがママのソーセージを食べちゃってね。そのときよ、扉の呼鈴が鳴って……」。こんなふうにフォーペル氏は妄想に耽った。だが、どんなに努力してもハンスは薄っぺらい人物にしかならない。そもそもハンスが好きかどうかも確信はもてない。——やがてロッテは職をみつけた。ケーキを売る店だ。フォーペル氏もたまに店に行き、彼女にほほ笑みかける。もっともケーキは彼の好物ではない。ロッテは忙しくなり、モーゼル河畔に住まうハンス一家の幸せな日々をめぐる終わりなき物語を紡ぎだす材料を、フォーペル氏に提供する暇もない。それでも彼女がまだドレスデンにいるという事実だけで、フォーペル氏はけっこう満足だった。人生は無意味だと思わせる灰色の蔽《おお》いは払いのけられた。彼はもはや孤独ではない――。

売子のロッテは客と話せない。そこでフォーペル氏は店に行っても、彼女に問いたげな視線を送るにとどめる。ハンスは手紙を寄こしたかい、という意味だ。

すると彼女はちょっと肩をすくめる。いいえ、まだ、という意味だ。

ある日、彼女は彼のテーブルに来て、そそくさと小声でささやいた。「お願いがあるの、フォーペルさん。ハンスのくれた手紙、中央郵便局の棚にあるかもしれない。あたしも毎日は行けないの。もし、フォーペルさんが――ついでのときにでも？」フォーペル氏はうなずく。感激で胸が熱くなったが、それは表に現わさずに、浮き浮きと帰宅した。

いまや彼も当事者だ。役割を与えられ、なにかの役にたてる。そばで傍観して、註釈を加えるにとどまらない。――くる日もくる日もフォーペル氏は郵便局に足を運んだ。やがて駅にもまして郵便局に魅了され、手紙を待つ人びとを観察するようになった。

熱意と期待にみちて、だが声には不安な響きを湛えつつ、「手紙、来てますか?」と訊く者がいる。計算された無関心を装って名刺を差しだし、もしや手紙が来ているのではと思いたって、特段の関心もなくたまたま立ち寄ったにすぎない、という振りをするのに躍起な者もいる。郵便局員に懇願する視線を向ける者もいれば、視線をあえて逸らし、気づまりな表情をする者もいる。

フォーペル氏は多くの知己を得た。彼らもやって来ては、いつも手ぶらで帰っていく。一方、仕切り棚にはだれも欲しがらない手紙が山と積んである。奇妙な話だ。――だがこの時期、フォーペル氏は生きていた。はじめて周囲の人間が理解できた。待っている人間、憧れをいだく人間なら理解できる。

夕方、彼が手ぶらでロッテのケーキ店に行くと、今度はロ、ッ、テ、の問いたげな視線が「まだなの？」と訊いてくる。そしてフォーペル氏は肩をすくめる。まだ、という意味だ。

これほど彼らふたりを近づけるものはない。フォーペル氏はモーゼル河畔に住まうハンス一家の幸せな日々の物語をあいかわらず紡ぎつづけ、ひそかに自分自身もその物語のなかに織りこんだ。彼もまた桃の木蔭に坐って、「ある晩、ずいぶん昔、まだきみたちは生まれていなかったがね、ひとりぼっちの娘が大きな見知らぬ街にやって来て――」と語ってもいいはずだ。

ところが事態が変わった、ハンスがほんとうに手紙を書いたのだ。郵便局員が愛想よくほほ笑みながら手渡してくれた一通の手紙を、フォーペル氏は機械的に引きとった。

「まさか、間違いじゃ？」と口ごもりつつ、眼がさめる前兆だったあの冷気と空虚が頭のなかを通りすぎた。だが、なぜそう感じたのか。ハンスはほんとうに手紙を書いた。万事めでたしではないか。物語の幕は下りた。それだけのことだ。これでほんとうの幕引きだ。ロッテはハンスのもとに行き、あるいはハンスがロッテのもとに来る。そして彼つまりフォーペル氏は孤独な男に逆戻りだ。ふたりがモーゼル河畔のわが家に彼を住まわせようとは思うまい。断じてありえない。茫然と危うい足どりで郵便局を出て、ケーキ屋へのいつもの道を急いだ。やがて途中で足どりが重くなった。

奇妙な馴染みのない考えが彼の心に忍びこんだ。すぐにはよくわからなかった。ただ、それは声高に明瞭に叫んでいた。おまえは孤独に逆戻り。おまえは年寄りだ。お前は孤独のうちに死ぬのだ。おまえは死ぬしかない。もはや期待すべきものはなにもないのだから。

その夕方、フォーペル氏は独り言をつぶやきながら、エルベ河沿いをそぞろ歩いた。手紙をかたく握りしめて。彼は手紙を憎み、手紙を愛した。手紙を読もうとは思わない——本能的に感じていた、ハンスが書いたのは陳腐な内容、ぞっとするほど下劣な内容にちがいないと。ロッテのこともあまり考えなかった。フォーペル氏は自分の物語を終わらせたのだ。どうやって首尾よく終わらせたかは自分でもわからない。ともかく壮大で悲劇的な終結だった。

フォーペル氏はなんにせよ自分の良心と闘う気はさらさらなかった。ずいぶん前に手紙を渡す決意をしていた。最終幕を最後まで演じながら、ただエルベ河沿いを行ったり来たりした。その後、しばらく佇《たたず》み、自分の墓を憐れんで泣いた。それから踵《きびす》を返した。

遅い夕方だ――カイザー通りは活気に溢れている。人びとは前屈みになって行き交う――心ここにあらずの体《てい》で、頭のなかではすでに目的地に達しているのだ。

フォーペル氏はのろのろと歩き、脊柱から脚にかけて冷気と空虚がひろがるのを待つ。夢からさめるときはいつもそうだ――。

そのとき大いなる恩寵が訪れて、かつてフォーペル氏を王にしたあの壮大なる旋律に巡りあわせてくれた。家路に向かうあいだ、その音楽は彼の頭のなかで鳴りひびき、いつまでも止まなかった。

彼にはわかった。自分は死ななくてもよい。王は孤独であっても強力で偉大なのだから。

街の子

列車の仕切られた客室《コンパートメント》のなかで、ふたりは向かいあって坐っている。

おそらくたんなる偶然なのだが、一方は、列車の進行方向に正対し、まばらに散った遠くの街から空へと立ちのぼる薄い朝靄《あさもや》を眺めている。他方は、暗闇へと遠ざかっていく、歌うような鉄道の軌条《レール》へと視線を向けている。

流れていく煙の前方で、稲妻が白く光った。やがて、すべてはもとの暗闇に呑まれていく。ひたすら転がりながら、息づきながら、廻りながら。濡れた雪が塊になって窓ガラスに貼りつき、ふたりの視界を遮る。だが、視界など必要だろうか。ふたりは知っている。思い出せばいいのだ。

エレンの思いは、彼女が背後に残してきたものに悶々《もんもん》とまとわりつく。マグダレナの思いは、まっすぐ先へとずんずん進み、彼女を街路の生き生きと脈うつ生《せい》へと放りなげる。

ふいにふたりは顔をみあわせた。「あなたは戸惑うかもね」とマグダレナはいう。「でも恥ずかしがらなくていい。そのうち慣れるから。あたしにくっついていてね。街はその子どもたちにやさしいのよ」

エレンは黙っている。心はまだエレン自身が安らげるかの地に残っている。あらたな一日が来るたびに彼女のために開かれ、彼女の足もとに伸びて、うねうねと曲がり膨れあがる稜線となって周囲にひろがり、空の無窮《むきゅう》の天蓋《てんがい》へと高められる、あの手厚い保護にゆだねられて、彼女はたいせつに愛された子どもでいられる。エレンがあまりに真摯にかの地に心を残していたので、彼女の沈黙はそれだけでマグダレナを現実に引きもどすのに充分だった。ふたりは同時に出発について語りはじめた。乗降場《プラットホーム》は冷え冷えと寒く、風がびゅうびゅう吹いている。待合室や駅って、ほんとに気分を滅入らせるわね。西の空は赤みがかった黄色に染まっていた。

日はみるみる翳《かげ》って。春はまだまだ若いもの。それでもまだ、畑の畝をぬう一本の小道、その輪郭がくっきり鮮やかに浮かびあがる。セルムランドにいっぱいある、樹木に縁どられた登り道の一本。あんな嵐にならなかったら、いまごろは畝をあかるく照らす星空だったはず。

こんなふうに娘たちは大まじめで語りあう。ふたりはしばらく言葉もなく坐っている。こうしたものすべてを後にするなんて、ばかげてる。だけど、街に住まない人間になんの価値がある？　ほとんど、ない。

列車がどこかで停まる。エレンがふいに話しだす。「あなた、気がついた？　ヨハンネスって、音もなくしなやかに動くのね。ヘラジカみたいに」。マグダレナはうなずく。ふたりは排水溝のなかに坐って待っていた。注意をこらし、きらきら光る水路をみつめて。夜の雨に降られて森は碧《あお》く、生い茂り、陽光に煌《きら》めく。

ヨハンネスはヘラジカを小川のほうへ追っていく。ついさっき碧い木蔭に

S T A D S B A R N

av Tove Jansson

すべりこんだと思ったら、いまは魔法で呼びだされたみたいにひょいと姿を現わし、樹々のざわめきに耳を傾けながら眼の前に立っている。

「あなたがヘラジカを見られなかったのは残念だわ」とエレンはおずおずといった。「でも、狐は見たわよね」

「狐はね、あたしが見つけたんだ」とマグダレナは誇らしげにうなずく。「狐穴を捜して、大堰《おおぜき》のそばの納屋に向かっているときに。まだ朝早くて――六時半だっけ。そのとき、狐がやって来て、耕地の上を走りすぎた、あたしたちのすぐそばを」

「明るい毛皮で、抜けめない眼つきの――走ってるようすは犬みたいで、湿った土の上で足をそろりそろりと持ちあげていた」

狐と彼女たちは身動きひとつせずに立ちすくむ。ほとんど息もせずに。

マグダレナがとうとう堪《こら》えきれずに笑いだすや、狐はまたたくまに岩蔭に姿を消した。

二日後、ふたりは岩蔭の大きな石の下でうごめく子狐たちに遭遇した。生まれたばかりで、まだ眼も開いていない。ちょうどそのころ、ヨハンネスは巣穴からさほど遠くないところで毒蛇を踏み殺し、三人で水と氷の欠片を投げあって興じていたのだった。「あなた、びしょ濡れになったわね」とエレンはやさしく眼を細める。「なんでも、あなたのほうが上手《うわて》だった」とマグダレナが遮る。「あたしは街の子だから。困ったことにね。あたしは街が嫌いなの。──あの朝のことをおぼえてる？　ミスミソウ〔キンポウゲ科の青い花〕を摘みに橋をわたった。あなたはあたしの二倍も摘んだ。小川が苔の下に深くもぐって、ほとんど音が聞こえなくなるところまで、どんどん遡っていったよね。それから、寝転んで〈人生の虚しさ〉に思いをめぐらせた」

「なんだか陰気な言葉ね」とエレンは思う。「街でおぼえたの？　あなたって、ときどき妙なことをいうのね。ジンチョウゲを摘んでいた、あのときも」

「ジンチョウゲの小さな赤い茂み、その枝は舌の上で火みたいに燃える」とマグダレナはふり返る。「いまはこれでやめとく。早く起きすぎた。太陽を探さなきゃ」

ベリヤトゥナ荘園の屋敷の正餐室《ダイニングルーム》。そこに太陽はいた、くる日もくる日も。一六世紀と一七世紀の年代物の銀器のなかで煌めき、昔日の狩猟の意匠《モチーフ》が刺繍された白い食卓布《テーブルクロス》を輝かせ、渦巻き飾りのある壁時計の眩《まばゆ》い天使たちのきらきらする小さな反射を跳ねかえす。屋敷の外は、黄色と赤との正真正銘のお祭り騒ぎ――巨大な藁のドルメンの頂きからは、かぎりなくどこまでも視界が開ける――耕地、小川、森に蔽《おお》われた丘、さらに遠くには黄色に燃える堆肥の海、赤く塗りたての畜舎の斜めの屋根にいたるまで。

年上の牛飼いがそれぞれ二、三人の若手を引きつれて歩きまわる――全部で一一人。一列になって畜舎の静かな薄暗がりへと消えていく。

「あのなかで、無数の牝牛たちが並んで反芻《はんすう》してる」とマグダレナが話し、エレンが耳をそばだてる。あたかも彼女自身は、夜明けにあの巨大な扉を押しあけ、何百頭もの牛の尻尾がさかんに振られるさまを目撃したことが、この何年ものあいだ一度もなかったかのように。「何百もの眼がぱちくりしたり、じっとみつめたりしてね」とマグダレナはつづける。「朝に産まれた仔牛が囲いのなかに横たわってる。ひょろ長い足ではまだちゃんと立てないのね。仔牛の毛皮は巻き毛で黒く、哀れっぽく啼く。母牛は病気で、おなかに毛布をかけて牛房で寝ている。手のかかる新生児のことなんか露ほども気にしない。哀れなほど痩せこけ、眼も開いていないちびすけが、通路の藁の上をよろよろと這いまわる。これもまた現代によくある育児に無関心な母親の一例よね。疑問に思うのよ——古き良き時代の猫なら、仔牛たちが仔猫を舐めまわすのを放っておいたかしらって」。エレンは答えない。息遣いは烈しく、眼に涙を浮かべている。

「それからね」とマグダレナの声はいよいよ悲壮になる。「母牛は大棟の下で外気にあたるの。怯えた小鳥の大群が白樺の林から飛びたつ。来て、エレン、先に進むわよ。ほら、あの暗闇の深みから怒りにみちた片眼がのぞく――年老いた牡牛が重い頭をこちらに向けて、べえええと啼く。おっかない。さすがにあたしも怖くなる――いっしょに畜舎へ行って……。穀倉の低い屋根の下では、トウモロコシとオート麦の積みあげられた山がつややかに輝く。下にあるのは、どんどん踏みしめる足、鎖の揺れる音、低い柵をこえて鳴らす鼻づら。ヨハンネスは一頭の馬の膨らんだおなかに手をあてる。まもなく仔馬を産むのね。寝藁に母乳が滴りおちる――水っぽく蒼白い馬の乳。まごうかたなき馬と革の臭い、サーカスみたいな臭いが、わたしを包みこむ。埃っぽい小さな窓ガラス越しに、太陽が赤く輝き……」

「すてき」とエレンはつぶやく。「あなたって、ほんとにじょうずに語るのねえ」

マグダレナはぶっきらぼうに笑う。「ばかばかしい。あなたには街の話を

すべきだったわね、あなたが長いこと憧れてきた街の話を。ともかく――あたしたち、すぐさま人波に呑みこまれ、狭い陸橋を転がるように降りていく。それから人びとはヴァーサ通りへとわらわらと駆けあがり、てんでに四方八方へ散っていき、いつのまにか人っ子ひとりいなくなる。二百人か三百人が多くても少なくても、街にとっては大差ないのよ、わかる？　人間は大海の一滴にすぎず、沈んで溺れていく。無でさえない――」

「でも、あなたはいったわ、街にやって来た人間だけがひとかどの者になれるって」とエレンは遠慮がちに口を挟む。

「そう、浮かんでいられるならね。あなた、溺れたくはないでしょ。ほら、しゃきっとして。街に生まれたら、街を避けることはできない。だけど、あなたは好きにできる。街の水が合わなければ、戻ればいいのよ、牝牛たちやヘラジカたち、それからヨハンネスのところに……」

汽車はブレーキを効かせるが、ふたたび動きだし、前方へと突っこんでいく。ふいに、ひとつの旋律、数年前に流行った古い旋律が、車輪の単調な轟音に紛れこんでくる。いつも、おんなじ、いつも、おんなじ、いつも――と執拗な反復句《リフレイン》となって。

「聴こえる?」と訊くマグダレナにエレンはうなずく。車輪の律動的な歌に混じって、オオライチョウの啼き声――乾いた切株を折るときに似た音――、ついで短い喘ぎがはっきりと聴きとれる。

まっすぐな幹の密集する森のなか、オオライチョウはすでに朝の灰色の光を浴びている。喉《のど》をぐっと突きだして枝にとまっている輪郭が、明るんでいく空を背景にくっきりと浮きあがる。ヨハンネスが先に立って歩く。ヨハンネスはどこまでも辛抱づよく、一歩また一歩、歌うオオライチョウのほうへとエレンを導いていく。森のもっと奥では、フクロウが高くまた低く啼き、野生のヒメモリバトが切れ切れにクウクウと啼く。ノロジカが吼えることもある。

夜明けのなめらかな微風が樹々の頂きをかすめ、朝の汽車が遠くで汽笛を鳴らす。エレンにある考えが閃《ひらめ》く。「あの汽車に乗りたい」と。かくてエレンは車中の人となったのだ。

「切符を！」と駅員がどなる。不機嫌で眠たげな人びとの群れが、疲れてぐずぐず泣く子どもたちとスーツケースを引きずりながら、むっつりと黙って回転扉をつぎつぎと通りすぎる。

「今度はわたしが話そうか？」とエレンがそっと訊く。「狩りのこととか。いいえ――やっぱりあなたが話して……。猟犬のムッランとラッギがどうやってアナグマたちを掘りだしたか――」

マグダレナは半睡からはっとわれに返り、あの情景を思いだす。ヨハンネスが筋肉に力をこめて巣穴から最初のアナグマを引っぱりだし、死にもの狂いの怯えた眼に短銃《ピストル》を向ける。ラッギの甲高い吼え声、その後すぐに弾丸の音。これで終わり。アナグマはしばし斃《たお》れたままで、周囲の黄色い砂が赤い海に呑まれて流れだすまで脚をばたつかせる。キュウキュウ啼き、唸りながら、猟犬たちは自分たちの革紐《リード》に嚙みつく。そして巣穴がまた掘られ……。

「車で家に帰るとき」とマグダレナは声にだしていう。「あたしは両手をかたく握りしめて、速度が増していくのを眺めてた——時速九〇、九四、九五——車はなめらかに歌いながら——いよいよ速度を増すのよ——一〇〇——一一五——一二〇キロと。車内は砂と血の混じりあった奇妙に甘ったるい臭いがする。ムッランの柔らかい耳があたしの頰にふれ、その眼があたしの横で熱っぽく輝き、その皮膚がひくひく震える。あたしは急に気分が悪くなり、同時に奇妙にも烈しい歓びを感じた。つぎは自分の手で殺したいって……」

「そんなことできる？」とエレンはいぶかる。「あなたって、ほんとに——優しいひとだもの。思いだすわ——あの夜——旅立つ前のことよ。わたしは不安に駆られて、広間にこっそり忍びでた。もう二度と家には帰らないんだと思って。すると、あなたもそこにいた……」

マグダレナはぱっと赤くなり、虚を突かれまいと皮肉っぽく応酬した。「月光が床に描きだす繊細な鋭角図形に導かれて、あたしは長シャツのねまきを着てそろそろと歩いた。聖金曜の夜でね、眠れなかった。すべてがおとぎ話の灰色、非現実的な灰色に染まり、並木道では小枝の一本も揺るがず、屋根の上では光と影がたのしげに月光の戯れを演じている。えっ、あれはなに？　長シャツのねまきがもう一枚。あたしたち、互いにぶつかり、互いの腕に跳びこんで、泣いちゃったってわけよ」。エレンは戸惑いながら相手を見た。

けれどもマグダレナはすでに自分の手荷物に手を伸ばしながら、窓の外に視線を送り、ため息をつく。

霙《みぞれ》のなかで閃光が煌めき、汽車は挑発的に吼える。「ほら、来たよ！」と。ふたたび乗降口の扉が音をたてて開き、ひんやり冷たい外気が暑すぎる車内に流れこむ。

「あたしたち、もうすぐべつべつの方向に別れていくのよ、いいわね！」

FOLLO
BAR
TOVE

エレンは苦しげに唾を呑みこむ。「あの最後の日のこと、おぼえてる？　鼻を土くれに寄せて、太陽と春の匂い、それからめざめつつある生の匂いを感じたわ。苔をひっくり返し、その下で眠っている虫たちをみつけた……」

「そして頭上を温かく重い風がずんと通りすぎ……」と、マグダレナはあいかわらず手荷物を探りながら、冗談めいた口調でつづける。「小川のそばで、解けかけの雪に顔をうずめて寝転んで、匂いを思いっきり吸いこんだわね。あたしの金の腕輪が茶色の水底のなかで魔法みたいに煌めいて。――あの夜、たしかにあらゆる水路で氷が割れた。ちび虫たちもいましばしの眠りをむさぼる。――いやだ、エレン、もう夢をみてる暇はない。もう着くのよ。街に！」

マグダレナは眼を輝かせ、熱っぽい顔を友だちに向けた。

「街！　ほら、ストレンメンの街よ。灯を見て、人もいっぱい！」「マグダレナ」とエレンがささやく。「マグダレナ」

「ええ、すてき、でしょ？　いまわかった、やっぱりあたしは街の子なんだって。これまで魔法にかかっていたのね。いまやあたしは自由。ついて来て」。マグダレナは意気揚々と乗降口の扉に向かう。

長い胴体を引っぱって目的地まで乗客を運んでくれた機関車が、短く息を吐きながら停まっている。人びとが三々五々固まって、出口の扉へと急ぎ足で散っていく。巨大な黒い蛇よろしくうねうねと曲がりくねりながら、群衆の波はやがて薄暗い陸橋へと消えていった。

エレンはふいにマグダレナの腕にしがみつき、当惑して口ごもる。死ぬほど怯えている。「ねえ、聞いて！　帰りたい――家に帰りたいの。汽車にひき返せといって！」

マグダレナは頭をめぐらせる。表情は渋く、驚いている。「ばかみたい」とうわの空だ。「離れずついてきて。危なくないから」

「危なくないから」とエレンは一本調子でくり返すと、先導する自信たっぷりな背中に視線を釘付けにして、陸橋を降りていった。

よくある話《クリシエ》

彼はふっと笑った。自分自身に注意ぶかく批判的に耳を傾けているのか、とわたしは思った。彼は自分の笑いにこめられた皮肉を堪能すると、わたしのほうに向きなおり、苦々しくほほ笑んだ。髪が黒い綿毛の後光《グロリア》のごとく逆立っている。眉毛は細く、女のように弓なりだ。

わたしは煙草に火を点け、彼が自分の話を始めるのを待った。彼が例になく沈黙を守っているのは、疑いようもなく、ここぞという効果的な一瞬を窺っているからだ。

その一瞬は来た。室内の喧騒《ざわめき》がふいに鎮まると、だれかが立ちあがり、愚かしくも畏《かしこ》まった顔をして、震える手で銅鑼《ドラ》を一二回打った。人びとは耳をそばだて、灯を暗くし、互いにいだきあい、挨拶をかわし、両手でテーブルをどんどん叩く。わたしは友人のほうに向きなおり、ほっとして「良い新年を」と祈念した。

「人生は死に終わる不治の病なのさ」と彼は答え、ひとつひとつの語を慈しむようにゆっくりと発音する。

わたしはうんざりして彼を一瞥する。この一瞥に〈どうせ引用だろう〉という含みを読みとってくれればいいが。「二、三分前にいうべき台詞だね。そうすりゃもっとしっくり来たろうに」

「旧年の最後の日ってやつは」と彼はつぶやいた。「もはや充分に重苦しい。充分に疲れて、年老いてるのさ。十二月の最後の数日がどれほどの不快を撒きちらすか、空気が一〇気圧もの重さでのしかかってくるか、きみは気づかなかったか。ほんとうに――気づかなかったのか」。彼は見開いた薄い色の瞳で、わたしを舐めるようにみつめた。「そういう呪われた日に、ぼくら人間は、いわゆる善き決意と意図とやらを固めるんだ――いや、新年の前にさ。

いやによそよそしく判然としない空の下、のろのろと夕べが進んでさ」

「ぼくは思った、最後の夕べってやつは電信柱みたいに歌うんだな、とね」。彼は眼を細めた。いかにもご満悦の体《てい》で。わたしは彼の聴衆、すなわち話を聴くという至難のわざを会得した聴衆なのだ。

「そこに立ちつくして、旧年が行ってしまうのを待っていたとき、ぼくは自分のなかを覗きこんだ、そう、できるだけ昔に遡って——まあ、三月くらいにまでさ」

「すると見えたのさ、代わり映えしないちっぽけな虫けら、似たり寄ったりのくたびれはてた連中が、もっぱら行きつ戻りつで——たいがいは戻ってばかりか、せいぜいがぐるぐると廻ってばかりなのが。わかっているよ、ぼくは間抜けで、唾棄すべき変人だ。いわゆる罪びとと呼ばれるたぐいの——夜のごとく、汚泥のごとく、深い水のごとく真っ黒けの罪びとさ……」

彼は口をつぐみ、わたしのネクタイを咎めるような視線で射抜いた。「連中は自分のことを白か黒かだと思ってるんだ、とぼくは心底うんざりしたものさ。両極端を行ったり来たりするくせに、色をみきわめる勇気もない。というのも連中が灰色、ただの灰色のすぎないからさ」

「自分の不甲斐なさ、自堕落さ、ふやけた生温さを声高に叫ぶやつに、ぼくはついぞ会ったことがない」

「きみにこれから話すのはね」とつづけながら、彼は視線をわたしの顔に移した。「狂気じみたこの三か月、ぼくは眼の前に自分を薫陶《くんとう》する鏡を差しだしつづけたってことさ。しまいには頭が変になってしまい、鏡をぶち毀《こわ》して、自分をとりもどしたがね。なあ、わかるか?」

「うん、まあ……」とわたしは答えた。気まずい。なにやら根拠もなく羞恥をおぼえる。だいたい、いつものことだが、自分の〈魂の生〉とやらについて、彼はどうしてこうも騒ぎたてるのか。なんにせよ、あんまり拘《こだわ》りすぎると病気になってしまうのに。

「きみはミッランン・カルベリを知っているか」。質問がぴしゃりと飛んできた。怯《おび》えたといってもよい顔つきで、自分の名を口にするのとおなじく、捉えどころがなく気まずそうな感じで、彼女の名前をいってのけた。

「うん、知ってるよ」とわたしは驚いて答えた。

「彼女をどう思う?」

「そうだね――感じのいいひとだ――、よくは知らないが。いささか神経が張りつめたふうで。その後、自殺したんだったよね、気の毒に」

「でもさ、奇妙な話だとは思わないか?」と彼は勢いこんで返す。「出かけるとき、いつもと変わらず会釈をして、『いいえ、お茶には帰らない。出かけるわ』といい残し、自宅をあとにした。そのまま、二度と戻らなかった。やがて、港にぽかりと浮かんだのさ」

わたしは彼を疎ましくみつめた。たいそうな恩恵でもほどこす素振りで、わたしに向かって泰然とほほ笑んだ。「さて、きみに打ちあけたい。だれにもしたことのない話をさ」

「つまりこうだ。きみはさ、だれかのことを自分の悪霊じゃないか、自分のうちなる悪しきものすべての化身じゃないかと、思ったことはないか?」

「なあ、いうならば、ぼくらが憎み怖れ、しかもぼくらを魅了してやまぬハイド氏みたいなものさ」

「つまりだ、ミッラン・カルベリはこれに類するものだった。はじめて彼女に会ったとき、ぼくは悟った、ぼくらふたりは同じひとつの鋳型で造られたんだって。ぞっとした。彼女はぼくの言葉、ぼくの仕草、ぼくの考えを使いまわすんだからな。まるで凹面鏡を覗きこむような気分がしたね。ぼくらのすべてを歪ませ捩らせ、そのくせ自分の姿をそこに認めることができる。なあ、きみ、気づかなかったか、ほんとになにも?」

「最悪なのは彼女が女だったことさ」と彼は苦々しげに吐きすてる。彼がこれほどの憤怒を露わにしたのは意外だった。

「彼女は女で、しかもぼくに似ていた。あのうざったい綿毛みたいな髪。いまいましい——僕の性格のうちなる女性的なもの、そいつをぼくは彼女のなかにみつけた、うんと誇張されてね。彼女自身は気づいてなかった。ぼくを憎からず思っていて、いっしょにいたがった。ぼくのなかの自分に惚れてたのさ。わかるだろ、ぼくはこの女を避けた。なあ、わかるよな？」

「ああ」とぼくは困惑する。「ぞっとするだろうな。ポーの怖ろしい話「ウィリアム・ウィルソン」みたいに……」

「スティーヴンソンでもポーでもない。ほかならぬこのぼくの話、このぼくの悲劇なんだ。自分の複製を見るのはぞっとする。ミッラン・カルベリがそれだった。彼女の姿を見て、その声を聞いただれもが、ぼくのことを思いだし、こいつはめっぽうおもしろいと考えたのさ。食事に呼ばれると、ぼくらは互いに隣に坐らされた。そうさ、しょっちゅう、いっしょに招待されたんでね！」

「で、ぼくは無口になった。いつも彼女がぼくの考えたことを口にし、ぼくの言葉をくり返すものだから、ぼくはろくに食事もできなかった。そっくりおんなじ仕草が隣でくり返されるんじゃないかと怖くてね。やがてぼくは身の毛もよだつ考えにとり憑かれた――彼女がぼくを意識的に真似ているんじゃなくて、そこまで頭の廻る女じゃないからね――彼女を映す影像なのは、むしろこのぼくのほうなんじゃないかって。おい、考えてもみろよ、いいか、きみ。そんなこと考えられるか？」

「むずかしいね」とうなずいたわたしの言葉に耳もかさず、彼は喋りつづけた。「それでぼくは自分にいったのさ、これじゃ頭が変になる、変になっちまう。ぼくは旅に出るぞ。――そして、あの大晦日の夜がやって来た」

「空は歌っていた、まばらにつっ立ってる電信柱みたいにさ――ぼくは自分のなかを覗きこみ、考えた。この状況を変えなくては。そのとき思いついたのさ、がつんと来る衝撃、一瞬の閃《ひらめ》き、いわゆる絶妙かつ戦慄すべき着想ってやつを。四六時中、おまえのより悪しき半身を眼にすることで、おまえは自分を教育するがいい。おまえの悪しき半身――すなわち」と彼はここでわざとらしく息をつぐ。「ミッラン・カルベリを利用してね」

わたしは訝《いぶか》しげに彼をみつめる。はじめて彼に興味がもてた。その顔は葡萄酒と暑さでほてり、その眼は尋常ならざる大きさで明るく輝く。口もとにすばやく笑みが浮かんでは消える――彼は自分の話にすっかり夢中で、手榴弾よろしく投げつけるための言葉をいちいち吟味する余裕もない。

「そこで、ぼくは彼女と近づきになり、外出にも誘った。彼女は浮き浮きと機嫌よく、太陽に照らされた植物みたいに、ぱっと輝いたのさ」

「なんとまあ、彼女のよく喋ること、喋ること――ぼくは向かいに坐って、彼女をじっとみつめ、にっこり笑い、苦痛と憎悪に身を捩っていた。彼女は愚かな人間で、気立てがよく、人畜無害だった。だが、ぼくにとっては打ちのめす懲らしめの笞《むち》――ぼく自身の表現をブーメランみたいにぼくに投げて返すのさ。それでもぼくは自分を責めさいなむ道具として彼女を利用し、狂気じみた考えを弄んだ——ぼくらふたりがものすごく近くなって、しまいには溶けてひとつになったとしたら、どうだろう。彼女が自分に欠けたものをぼくから調達して、ぼくが彼女の完璧な木魂《エコー》になる。そのうち、だれもぼくらを見分けられなくなるほどにさ」

彼は病的な高笑いをする。

「狂ってる、そう、狂ってる——そうだろ？」

「彼女がぼくの真向かいに坐って、こういうのさ。——人間てのは、ねえ、あなた、うんざりさせるか、おもしろがらせるか、あるいはたんに憐れをもよおさせるか、そのどれかだわ。あなた、そうは思わない？」

「またはーーひとは自分のより善き半身をつねに探し求めるべき、そうよね？　またはーー自分が神を信じられるように、わたしたちの神さまをみっちく身の丈に合わせてしまった、そうは思わない？」

「彼女はぼくの考えをことごとく陳腐なものにしたんだ」と彼は激昂してどなる。「ついにぼくは正気をなくすほど怖くなった。ぼくがいま拝聴しているのは、つまるところ、ぼく自身の考えにすぎぬのではないか。ただし、そいつをほかの連中の口から聞かされるんだけどね」

オーケストラの野蛮な騒音がふいに止み、彼は声をひそめた。戸惑っている。

「彼女のせいで、ぼくは地獄を見た。くる日もくる日も自分の外に立って、自分の反応を眺めているなんて、とても堪えられるもんじゃない。ぼくにはつまらん応酬をする余地すら残してくれず、彼女はただただ喋りまくった、延々といつまでもね」

「なあ、きみにはわかってほしいのさ」と彼は力なく話を終えた。

「ああ、きみは彼女を殺したんだ」

「そうとも。防衛殺人さ。きみに乾杯——友よ。新年にも乾杯だ」

サン・ゼーノ・マッジョーレ、ひとつ星

午後の暑さのなか、ヴェローナの街は死んだように横たわる。どこまでも埃っぽく、まばゆく白い。犬たちは家の壁の細く伸びた蔭で眠り、路上では、黒衣の貧相な女が数本の空《から》の壜をかかえて、昇り坂を物憂げにみつめている。「サン・ゼーノ・マッジョーレ、ひとつ星」とわたしは自分のドイツ語の旅行案内を読みあげた。「一一世紀前半に建立、興味ぶかい浮彫《レリーフ》……一四五九年……聖ゼーノの遺骸の見学希望には……」。わたしは欠伸《あくび》をして、ホテルに思いをはせた。星つきではないが悪くない宿だ。できれば……。その瞬間、さきほどの女が動いた。空壜を一本とって、壁に投げつけたのだ。その後、片方の腕を伸ばしたまま、ふたたび動かなくなり、こなごなの破片に眼鏡のレンズの奥から残忍で満足げな視線をそそいだ。わたしは笑いだした。どうしても抑えられずに。むちゃくちゃな暑さのなかで、抑える気力もなかったのだ。

彼女はあっというまに近寄ってきたかと思うと、鳥みたいに頭を突きだして、わたしをまじまじと見た。

「黙ってなさい」と彼女は真剣な顔でいう。「自分がなにを笑っているのか、わかるまではね」

彼女のややしゃがれた声に苛立ちの響きはいっさいなく、ましてや非難のかけらもないので、わたしはかえって気後れする。「あなたを笑ったのではないのです、シニョーラ。たまたまおもしろい小噺を思いだしたので」と答える。

彼女の答には困惑させられた。「話してみて」

わたしは愚かしい笑いを浮かべ、むなしく適当な小噺はないかと捜した。やっとのことで思いつき、すがるような気持で話す。「なぜコウノトリは一本足で立つのか、ご存知ですか？」

「いいえ」。「もう一本の足も上げたら、転がって倒れてしまうからです」。「おもしろい」と彼女の対応は礼儀正しいが、にこりともせず、あいかわらずわたしを見ている。

「あのう、そろそろ行かなくては」とわたしはちょっと苛々してつづけた。「サン・ゼーノ・マッジョーレ教会を捜そうと思ってて……」

「あなたをお連れしましょう」。彼女は動じない。「わたしもそちらの方向に行きます」

「とんでもない」とわたしは慌てる。「ご無理はなさらず。ひとりで捜せますので」

「ほんとうにそちらの方向に行くんですから」と彼女はくり返す。ほとんど命令かと思わせる口調で。

ふたりとも黙りこくって、坂道を昇っていく。わたしは街についてありふ

SAN ZENO MAGGIORE, 1 STJÄRNA

TOVE JANSSON

れた話題を振ってみるが、彼女の答はそっけない。「なるほど——興味ぶかい。いいえ。この暑さはふつうじゃない」

「故国《くに》では雪がたくさん降るんですよ」。わたしはいつもの常套句に打ってでる。「広い荒地もあります。フィンランドはじっさいイタリアよりはるかに大きいけれども……」

「住人はたったの三五〇万人」と彼女は平然と言葉をつぐ。「それに路上に白熊はいない」

わたしは赤面する。「ええ、たしかに。どうしてご存知なので……」。それからやや不機嫌に「だれかが白熊の話をしたのですか?」とつづけた。

「サン・ゼーノに行きたがった観光客のひとりが。白熊はいないって。そんなこと、もともとわたしだって信じてやいませんがね。広い荒地、ねえ。彼女の鼻、あなたとそっくりでしたよ」。

わたしは気分が滅入って、あのいまいましい教会にさっさと着かないものかと、心から強く念じた。だがまだまだ道のりは遠い。わたしの打ったつぎの一手はひたすら腰抜けだった。「ずっとヴェローナにお住まいですか?」

「ええ、ずっと。三二年間」と彼女は答える。

わたしは仰天して彼女を見た。彼女の佇《たたず》まいは老女のようだったから。まるで失ってしまったみたいに――わが身を飾りたいという欲求を。ぱっとしない小柄な身体が、反抗的な無関心の膜で隈なく蔽《おお》われている。顔立ちは美しいが活気がなく、眼の輝きもどんよりと鈍い。彼女はわたしの視線に気づき、顔を上げずにいった。

「ええ、あたしは年より老けてみえる。だけど、しようがない。一年一年がありきたりの三年と同じくらい長いんだから」

どう答えていいのかわからず、わたしは途方に暮れた。彼女は反論されたくないんだろうなと、なんとなく理解した。それでふたたび黙りこんだ。サン・ゼーノはあいかわらず視界に入ってこない。

ほんとうに変わった女性だ。イタリアは好きかとか、何日くらい滞在しているのかとか訊いてこない。「愛する」はお国の言葉ではどういうのかという質問すらしない。ただ喋るためにだけ喋ったことはない女性なのだろう。だから要らぬお喋りで沈黙を埋めるのは気がひけた。それに彼女にいちばん訊きたかったのは、なぜ鐔を叩きわったのかだった。

だがそれを訊く勇気はない。

薄暗い教会のなかに入ったとき、彼女自身がこれに言及した。「聖母《マドンナ》さま、お赦しを」と彼女はいう。「ついさっき、また癇癪を起してしまいました」。しばらくして、いやいや白状する。「というのも——なにも起こらないから。これまでの日々が代わり映えしなくて、これからやって来る日もやっぱり代わり映えしないから」。どういうわけか、このとつぜんの率直さは愚かしい会話の試みを一気に終わらせ、わたしに彼女への親しみをおぼえさせた。わたしは心をこめて答える。「いいえ、まさか。聖母《マドンナ》さまのお赦しをいただくまでもないでしょう。だれかの頭に投げつけるより、塁を壁でこなごなにするほうがずっとましですから」

放心と同時に緊張にみちた注意ぶかい表情、わたしを不安にしてやまない表情で、彼女はわたしを凝視し、憤然といってもよい口調で答える。「あなたはわかってない。あんなことをしたのは、まさに相手がいないからよ——そう、塁を頭にぶつけてやる相手がね」

それから彼女は唐突に教会の案内を始めた。驚くほど物知りだ。一瞬、わたしは疑った。もしかしたら、このひとは自分から案内人に名乗りでて、あわよくば数枚のリラ硬貨を稼ぐ気なんじゃないかと。でも案内人なら、聖母や使徒のことをあんなふうに愛情こめては語らない。彼らの人柄をあれほど華やかに生き生きと示しもしない。彼女は話すことが嬉しいのだ。その声から傲慢さがすっかり消えうせたことにも気づいた。

最後に彼女は、垂れ幕の蔭に隠れた一幅の絵の前にわたしを連れていき、なにかお手伝いをしましょうかと現われた修道士を手で追いはらい、自分で垂れ幕を開けた。

「ほら、ごらんなさい。ああ、聖母《マドンナ》さま。いいえ——修道士が幕の紐を引っぱってくれたからって、お金を払う必要はない……。どう？　彼女がだれかわかる？　いちばん左にいる女性」

彼女は絵に背にして立ち、眼鏡をはずし、期待にみちたまなざしでわたしを見た。わたしは当惑して、彼女が示したその点景の人物をみつめ、彼女のいいたいことを突如として悟った。「あなたに似ていますね、シニョーラ」

「そうよ」。彼女は深く息を吸い、誇らしげに認める。「あれはあたし。王女《プリンチペッサ》ヨランダ。あたしは彼女にちなんでこの名で呼ばれているの。とても美しい王女さまでね、あたしも数年前はもっと似ていた」。「あなたはいまだって似ていますよ、シニョーラ」とわたしは丁寧に応じた。

彼女はふっと笑った。すると彼女の顔に生気がさし、不信や皮肉っぽい愛想のなさが表情から拭いさられた。もっとたくさんの教会を見物しようと、彼女が熱心に誘うので、わたしもついていく。どうしても教会を見物したかったわけではない——じつのところ。

こうして午後いっぱい、いっしょに見物してまわった。彼女はそのあいだも例の空璺をずっと手放さず、家までもっていく気ですかというわたしの質問はのらりくらりとかわす。わたしが申し出ても、彼女はなにも欲しがらない——いいえ、必要ない。高い。このままでいいじゃない。どうしてもなにか飲まなくちゃならない？　いいえ、まあ、とにかく。かくて彼女はわたしを連れまわした。橋の上を行ったり来たり、ひっきりなしに喋ったり示してみせたりしながら。しまいに、わたしも疲労困憊し、彼女にそういった。彼女はがっかりする。「もう？　こんな短い時間でヴェローナがわかると思ってる？　ジュリア〔ジュリエット〕のバルコニーもまだ見ていない。ここからそんなに遠くないし……」。わたしは手紙のことをつぶやく。大事な手紙を、ホテルで書かなくては……。

「どこのホテル？　黒鷺亭《アクイラ・ネーラ》ですって？　まあ、聖母《マドンナ》さま、お嬢さん、あなた、気はたしか？　豪勢なホテルね。あたしの知るかぎり、あそこじゃ、お金を騙しとることとしか考えていない。一泊六リラで旅籠《アルベルゴ》くらいみつかるのに！」これにはちょっと滅入った。一二リラで泊まれる部屋をみつけて、けっこう誇らしく思っていたのだ。わたしは「ご親切にどうも。でも、もう行かなくては……」

「ぜったい、だめ」とヨランダはきっぱりと却下する。頭を斜めにかしげて考えこんでいる。眼鏡のレンズの奥で巨大になった眼のせいで、いよいよ尾羽うち枯らした鳥に似てくる。

「そうよ。うちに来なさい。一銭もかからないわ」

わたしは仰天して抵抗する。「そんなご迷惑は――ぜったいに――ずいぶんお時間をとってしまったうえに……」

「あなたには粗末すぎるかも、あたしの部屋は」と彼女がゆっくりという。「はじめは自分の住まいをみせる気はなかった。でも、かまやしない。あなたのために、できるだけきれいにするから。そうだ！　夕ご飯をいっしょに作らない？　きれいなシーツもある――ほんとよ！　どう？　来るわね？」

わたしは決めかねて、彼女を傷つけずに断る口実を捜したが、彼女と眼が合ってしまった。その眼には苦悶に近いものが読みとれる。彼女は両手をわたしのほうに突きだし、神経質に眼をしばたたかせた。

わたしはよく考えもせず、「行きます」と答えてしまい、つぎの瞬間、えらい失策《へま》をしたと悟った。だがヨランダは前言撤回の余地を認めない。――いろいろと支度が要る。スーツケースはもう詰めてあるのか？　いや、車は使わない。バスも。小さいスーツケースなら、自分たちで運べるしね――。彼女はアディジェ河の向こう側――上のほうに住んでいる。「なるほど、あそこね。なかなか興味ぶかい地区だわ」とわたしは考える。こうなった自分の決断に半分は興じ、半分は怒っていた。まあ、どうなるか、見ものだわ。

というわけで、わたしたちは救いがたく絡みあった裏小路の混沌のなかに足を踏みいれ、急な階段を昇り、信じがたく大量の子どもが扉の前で這いまわる中庭をいくつも抜けて近道をする。ヨランダは、扉への階段にたむろする母親たちにときどき軽い会釈を返しながら、そそくさと通りすぎる。わたしが滞在一週めの観光客らしい好奇心に駆られて、狭い路地を覗きこもうと立ちどまると、彼女は苛立ってわたしを追いたてる。わたしたちの後ろには暇をもてあました人びとが群れをなし、笑いさざめいている。この界隈で自分だけが気障《きざ》ったらしい格好であるのに気づき、わたしは帽子をぬぎ、手袋をポケットに突っこんだ。どうやらようやく目的地に着いたようだ。まるで抉《えぐ》られたような低い扉口から、暗い階段を昇る。

「気をつけて」というヨランダの声が聞こえた。「そこに穴がある。待って」

Tove

一本の燐寸《マッチ》が燃え、階段の踊り場あたりに彼女の細い足が浮かびあがる。わたしはスーツケースが膝に当たるのを感じながら、おぼつかない足どりでついていく。踊り場の隅では蒼ざめた聖母《マドンナ》が金色の土台にちらちらと煌《きら》めき、ヨランダが十字を切ると、壁に大きく映しだされた影が震えた。

さらに四本の燐寸《マッチ》が擦られると――階段は灯のともる扉の並ぶテラス風の開廊《ロッジア》へとつながり、わたしたちの眼下では中庭が黒々と口を開ける。

「ちょっと待ってて――そこに」。彼女は扉を横にずらして開けた。彼女が天火《オーヴン》に火をいれて、やや不安そうにほほ笑みながらくるりと振りむくまで、わたしは闇のなかで待っていた。

「ほら、ここがわが家。窓のそばに坐って。支度をするから。だめ――あなたにはわからない――あたしにさせて」

彼女が天窓を開けると、天井の低い大きな部屋は夕日の暖かい光に包まれた。わたしの足もとにはヴェローナ全体が金色とばら色に輝いて横たわり、薄緑色の川が白い浜辺をくねくねと縫って流れる。のたうつような裏小路の隙間からかすかな喧騒《ざわめき》が這いのぼってくる。だれかが通りの角で歌い――べつのだれかがその歌に声を合わせ、さらに通りを上がったあたりでべつの声が応じる。

「ヨランダ」とわたしはいった。「ここはほんとうに美しいですね」

「いい部屋でしょう。パパとママもここにずっと住んでいたの、そのパパとママたちもね。掛け値なしのお城だったのよ」

わたしは彼女の言葉を真にうけはしなかったが、それでも敬意を表して振りむき、周囲に掃きよせられた名状しがたいがらくたを掻きわけて歩く。からっぽの箱、衣類の山、引きぬかれた抽斗《ひきだし》、欠けた磁器類。ヨランダは床の敷石をさっとまるく掃いて、「ほら。モザイクよ。ここにも」と蠟燭《ろうそく》を掲げて天井に近づけた。「絵があるでしょう?」なるほど、たしかに。湿気の染みのあいだに蔓草と女性の顔が認められなくもない。「あたしね、夜になると寝たまま、この絵をじっとみつめていたの」

「なんとなく、仲間みたいなものかしらね。それぞれに個性的で。ほほ笑みもそれぞれ異なっていて――わかる？」

「ヨランダ、そんなにひとりぼっちだったの？」わたしは率直に尋ねた。

彼女は天火《オーヴン》に向きなおると、しばらく鍋をがちゃがちゃさせていたが、そっけなく答えた。「まあ、そうね」

「通りであんなにたくさんの人たちに挨拶していたのに？」

彼女はばかばかしいといった身振りをする。「まさか《マガーリ》！　あんな連中！　仲よくなんかできない。教養がない。まともなイタリア語も喋れやしない。いないほうが清々する」

わたしはまた窓ぎわに戻った。金色は褪せて、眼下に灯がともる。街の輪郭が点描の織物のように空へと昇っていく。

「さあ」とヨランダはぶっきらぼうにうながす。「もう、食べる？」

彼女はわたしの皿を食卓に並べ、紙の束と卵の殻を床に払いおとし、パンを切りわけはじめた。

「黒鷺亭《アクイラ・ネーラ》ならもっとご馳走がでるわね。でも、観光客向きとはいえない」。撥ねつける愛想のない声に逆戻りだ。

「ヨランダ。こんなにおいしいスパゲッティはないわ。だれかといっしょに——あなたといっしょに食べるんですもの」

「ばかばかしい」と彼女は答えるが、満更でもない口調だった。

その後はなにも語られなかったが、沈黙は心地よく軽やかだった。彼女はそそくさと心ここにあらずの体《てい》で食べ、食事が終わるとすぐに寝支度にかかった。

「ヨランダ、あなたはどこで寝るの?」答はない。「ねえ、わたしが床で寝るわ。ええ、ぜったいに。だめよ……」

彼女は窓ぎわに来て、わたしを睨んだ。

「お客はあなた、それともわたし？　つまりね。この夜はわたしの夜だから、わたしのやりたいようにする、わかるわね？　だから、この話はもうおしまい」

　彼女は不機嫌にクッションを床に放りなげ、まるで一個連隊分の寝床を用意するかのごとく走りまわる。

「ヨランダ、煙草を吸ってもいい？」彼女は鼻を鳴らしただけだが、やがて「要らぬことを喋ったり訊いたりするひとねえ」という。

「たしかにそうね、ヨランダ。わたしは喋りすぎ、訊きすぎる。あなたはすばらしい女性よ、ヨランダ――あなたみたいなひとに逢ったことがない。こんな部屋に、この崩れはてたルネサンス風のお城にずっと住んで、こんなにも混沌の思想《イデー》に心を奪われているなんて。なんだか安心する。安心するし、幸福になる。わたしがあなただったら、扉に蝶番《ちょうつがい》なんて付けないわ」

　彼女は背筋をまっすぐに伸ばし、ほとほと愛想がつきたという顔でわたしを見た。

「そんなことする気があるなんて、あたしがいついった?」

わたしは椅子の背もたれに寄りかかり、いろいろな考えが飛び交うままにまかせた。死ぬほど眠かった。翌日には汽車に乗る、予定通りに運行するならの話。まあ、どちらでも変わりはしない。ここにいようと、どこかべつの場所にいようと。ひとつ星の観光地があっちやこっちに。これもまた、千倍はどうでもいいことだ。「なにもしない甘美さ《ドルチエ・ファール・ニエンテ》」とわたしは意味もなくつぶやいた。「こんなふうにいうんでしたっけ?」

「ばかね」と彼女は答える。「まだこっちを向かないで。見てもいいっていうまで」

「お心のままに、王女さま」とわたしはかわいらしく答える。「ご自分のお城にいらっしゃるのですから」。物音ひとつしない。いったい彼女はなにをしているのか。「ヨランダ……?」「だめ、だめよ! まだ!」彼女の声は昂《たかぶ》り、明るかった。「きっと驚くわよ」

ほんとうに驚いた。彼女は唇と頬を厚塗りし、眼鏡を外し、髪を高く上げてまとめている。にっこり笑い、鼻歌を口ずさみ、周囲に白粉《おしろい》を煙のように撒きちらす。「ヨランダ、とってもきれいよ」

彼女はうなずき、「ヨランダ、待って。どう、見違えた？　さあ、街にくりだすわよ」

「外？　どこへ？」

「街へ――通りへとくりだすの……これを留めて――そうそう……」

彼女は熱に浮かされたかのように振るまい、わたしには一瞥もくれない。

わたしは食卓に坐り、彼女がそこらを歩きまわり、首飾りを身につけ、またそれを放りなげ、新しい首飾りを試し――髪をくしゃくしゃにし、またそれをべつの髪型にまとめるようすを眺めた。

「あのう、ヨランダ」とわたしは力なくいう。「舞踏会にでも行くの？　もう真夜中なのよ」。彼女は聞いていていない。

階段を降りていくときに彼女は口早に答えた――。「いいえ。カフェに行くのよ」

通りは夕方とはべつな顔をみせている。

母親たちは子どももろとも姿を消し、若者たちは群れて徘徊するか、通りの角で女友だちと諍いをするかのどちらかだ。ヨランダはゆっくりと歩く。頭を高くもたげて、出逢う人びとをいちいち正視する。ひと言も発しないが、ずっとほほ笑んでいる。わたしたちは計画もなく縦横に歩きまわり、ついに彼女が大きなカフェの前で足をとめた。「ここに入るわよ」

彼女は女王の佇《たたず》まいで給仕を招きよせた。

「グラニータをふたつ。ブリオシュ付き《コン・パンナ》で――多すぎずにね。アイスはケチらないで――水も忘れずに、お願いね《ペル・ファボーレ》」

彼女はスカートを整え、黙って背筋をしゃんと伸ばし、店の常連客たちをじろじろ眺める。二〇分後、彼女は立ちあがり、わたしが勘定をすませ、ふたりでべつのカフェに行った。そこでも同じ手順がくり返された。またべつのカフェ。「グラニータ、ブリオシュ付きの——多すぎずに……」

わたしは驚き、いささかうんざりした。この茶番劇、どういうつもりなのか。どうしてこんなに人びとをあからさまに凝視するのか。漠然とした不信が這いあがってくる。なるほど、そういうことか。わたしはばかだった。

「シニョーラ」。なんだか気分が悪い。「今夜泊めてもらうとやはり迷惑かけるんじゃないかと。申し訳なくって……」

彼女は心から驚き、怯《おび》えた顔でわたしを見る。「聖母《マドンナ》さま！　またなの。あか抜けない部屋だから？」

「あか抜けないとか、そうじゃないとか、くだらない！」とわたしは吐きすてた。「あなた自身にもあなたの部屋にもなんの文句もないわ。あなたのグラニータは終わった？」

「あなたの機嫌が悪いのは残念だわ」とヨランダは威厳をそこなわずに応

じ、クリームの最後の一滴を舐めた。「「カッフェ・ダンテ」にも連れてってと頼むつもりだったんだけど」

そこで「カッフェ・ダンテ」にも行った。グラニータをさらにもうひとつ。ヨランダはわたしの隣に坐って、出入りする客をひとり残らずものほしげに見ている。ときどき怯えた祈るような視線をわたしに向けながら。降誕祭《クリスマス》の樅の木パーティからむりやり家に連れ帰られそうな子どもに似ていた。

わたしはブラックコーヒーとクリームで喉までいっぱいで、眠くて、頭がまったく働かない。スーツケースのことも心配だった。蝶番のないあの扉……。「ヨランダ、もう帰らない?」

彼女はようやく観念して首を縦に振った。

「思ったほど上首尾とはいかなかった?」彼女はわたしの言葉にこめられた裏の意味に気づかない。そのほほ笑みは感謝にみちている。「かわいいひと《カリッシマ》、あたしは大満足よ。さあ、帰ろう」

ふたたび自分の馴染みの地区に戻ると、彼女は戸口あたりでたむろする若者の一団に「すてきな夜ね」と話しかけた。彼らは保護者ぶっているが感じのいい笑いを返す。「やあ、ヨランダ！　どこに行ってたのさ?」

「『カッフェ・ダンテ』よ！　グラニータを飲んだの！」彼女は誇らしげにカフェの名前をつぎつぎと数えあげ、優雅に頭をかしげて通りすぎる。階段のところで「ほら、あいつら仰天してる」とわたしにささやいた。

わたしはとつぜん理解し、自分が赤面するのを彼女に見られたくなくて、顔をそむけた。これまで彼女がただその外に立っていた店のひとつひとつに、今夜、わたしたちは入ったのだ。イタリアのカフェは生《せい》の営みの中枢であり、庶民の社交場であるが、おそらく彼女にとってはそれ以上のものだったのだろう。ひとりでは入ることが叶わなかったからこそ。

わたしたちは彼女の部屋に戻った。わたしはこっそりとスーツケースの鍵を開け、そのままにしておく。ヨランダは顔を洗い、もはやサン・ゼーノの聖母画像の王女ヨランダには似ても似つかない。それでも眼にはまだ輝きをとどめている。わたしに布団をかけて、やさしい口調で「おやすみ。明日の朝、ジュリアのバルコニーをみせてあげる」

だが、バルコニーには行かなかった。ヴェローナを発ったからだ。翌朝の彼女はふたたび、最初に出逢ったときと同じくらい近づきがたく、わたしが荷物をまとめるようすを無関心に眺めていた。わたしは気後れして、思ったようには別れの挨拶もできなかった。出ていくわたしを彼女は「待って」と呼びとめ、箱のなかの奇妙な宝の山から引っぱりだしたよれよれの絹《シルク》のばらの花を、わたしの外套に付けてくれた。それからぷいと横を向くと窓ぎわに行き、あとはひと言も口をきかなかった。わたしがその花を付けて歩いたのは一日だけだ——でも、すばらしく誇らしい気持だった。

カプリはもういや

ホテルの昼食を告げるゴングが、三度、鳴った。しばしの沈黙、その後、疲れはてた観光客たちが、あからさまに空腹だと思われるのがいやなばっかりに、お行儀よく自分たちの部屋の後ろで鷹揚に待機している。——やがて廊下や階段は期待にみちた活気に溢れ、一挙に大群がわらわらと食堂になだれこむ。ようやくなにかすることができて、嬉しくてしかたがないのだ。

その食堂にしても、たんなる食糧配給所よりも洗練されたなにかだと自己主張さえしなかったなら、かくも哀れっぽい印象は与えなかっただろう。入口の上部には、ユーゲント・シュティール風の蓮の装飾に囲まれ、フルートを奏でるいやに蒼白い天界の佳人たちをしたがえて、裸体の乙女が坐って一匹の蛇と戯れている。入口正面の壁には、わざとらしいベンガルブルーの月光に照らされた〈彼らの最初の出逢い〉が描かれている。

グレンロス夫人は新聞を読む夫と相対して坐っている。スープ、夫、カプリのすべてが気に喰わない。しかも、なぜこの絵にこんなにも苛々させられるのか、自分でも明確に説明できない。ただ、嘲《あざけ》られている気がした。このいまいましい島にまんまと騙されたことを笑われているみたいで。なにせ、こいつらは新婚旅行のカップルでございと張り紙をされたも同然なのだ。わかっている。〈彼らの最初の出逢い〉の絵の前に坐らせられる客もみな新婚夫婦なのだ。家族連れは床の中央の席に坐らされ、単身者は窓ぎわの抉《えぐ》られた席に、たくみに壁を背にして押しこまれる。

だいたいなんで自分たちは、カナリア諸島とかエストニアとかマルセイユとか、あるいはほかのどこでもいいが、ここまでいやらしくも意図的に観光客仕様ではないところを行き先に選ばなかったのか。しかもなんでアルベルトは、壁に掲げられたロマンチックな絵の分が請求書に上乗せされている店じゃなくて、ごくありきたりのイタリア料理店に行かないのか。空気またはスパゲッティのなかに——まあ、よくはわからないが——、恥ずかしいとか愚かしいとか思わずにすむような、ごく自然に愛すべきものがそこにある店に行けばいいのに。

エンドウ豆スープ、とグレンロス夫人は皮肉をこめて考える。それに肉団子と泡立てクリーム付きの粉菓子《メールシュパイゼ》。素朴で、まっとうで、ありふれた料理だ。周囲のいっさいがいかにもアーリア風に白っぽく衛生的で、絵のように美しすぎるイタリア人給仕が、やたらにロマンチックな輸入絵画のあいだをすり抜けていく。おかげで客たちは、自分たちは地上でいちばん美しい島にいるんだなと、四六時中、心地よく意識していられる。

彼女は夫を見る。彼もまたカプリ趣味に染まっている。コルク底のサンダル、漁夫の着ているのと同じ種類のズボン、おなかに巻かれた幅広の赤いスカーフ。ぱりっとした替え襟《カラー》と、故国《くに》の遊歩道《エスプラナード》にある店「ザ・ジェントルマン」で買ったワイシャツが、この装いにかろうじて文化的な表層を与えている。ついでに笑止千万さもね、と彼女は考えた。

ロマンチックなものに文句があるわけじゃない。原始的で、野生的で、根源にかかわる、――そう、自然なものは好きなのだ。かわいそうなイタリア人たち。地上の楽園《パラダイス》というべきこの島で、かつてはどれほど幸福で素朴に生きていたことか。土と海とに養われて……。それからあの親切なムンテ〔スウェーデン人の医者で博愛主義者〕がやって来て、いわばパパの代わりになった。彼ら――褐色の肌の、美しく、衝動で生きる人びとのために。やがて観光客が彼らのもとに押しよせ、すべてぶち壊し、つまらなくした……。

グレンロス氏は前かがみになり、妻の手を軽く叩いた。

「かわいいきみ、エンドウ豆スープを食べたら？　なにを考えているのさ？」

「べつになにも。それにあたしはドイツ風のスープは好きじゃない。わざわざドイツ風スープを食べにイタリアまで来たんじゃないし」

「でもさ、かわいいきみ。これおいしいよ。ほんとに」

「朝から晩まで、かわいい、かわいい、ってうるさい。足りないのは雰囲気ってやつよ。なにもかも——故国《くに》でも手に入るものばっかり……。スープですって？　ばっかみたい！」

「だけど、ピップサン、なにがいいたいのさ？　なにか食べなくちゃ、そうだろ。それから外へ行って、雰囲気とやらを味わえばいいじゃないか」

「わかってるくせに。皮肉屋を気どらないでよ。なにがいいたいか知りたい？　つまりこうよ、カプリまでやって来ていながら、ドイツ風の夕食のあと、アメリカ風のバーに行って、それからフランス風のキャバレー、またはスカンディナヴィア風のカフェにくりだして……。あたしはイタリアが好きなの。ロマ〔ジプシー〕風音楽やらティロル風民族衣装やらの、得体のしれない国際色ゆたかなごちゃまぜ《ピッティ・パンナ》なんかじゃない……」

「へえ、ほんとにロマの楽隊までいるのかい?」とグレンロス氏は驚いて訊きかえす。「それは知らなかったなあ」

「やめてよ!」と彼の妻は喉《のど》にこみあげる嗚咽《おえつ》を押し殺す。「あなたって、なんでそうなの! ちっともわかってないんだから」

沈黙が入りこむ。絵のように美しい給仕がスープ皿を片づけたあとも、グレンロス夫人はまだ考えている。原始的に生きたい。魚釣りをして、岩の下の水中にもぐりたい。素朴な人たちとスパゲッティを食べ、赤葡萄酒を飲み、彼らと友だちになる。モンテ・ソラーロの丘に立って、太陽がアナカプリの上に沈むのを眺める。アナカプリ? そう——アナカプリなら、ちょっとくらいは正真正銘のイタリアの息吹、本物のロマンチックなものが残っているはず。あそこに行くのはどうかしら?

この考えが彼女にとり憑いて離れない。もう、閑散とした浜辺で泳ぐのも、観光客で溢れかえった広場《ピアッツァ》で時間を潰すこともない。土産物の売子も案内人もいない。アルベルトといっしょに、絵のような漁村で、健やかで、自意識に囚われずに生きるのよ。

彼女はひどく昂奮して肉団子の上に身を乗りだし、この計画のすばらしさを彼に認めさせようとする。だが、彼はあいかわらず理解できないようす。

「アナカプリ？　なんでまた？　わざわざ不便な生活を？　それなら故国《くに》と変わらない。これ、きみの口癖だよね。ぼくはいまゆったりと寛《くつろ》いでるんだ、つまり骨休みってわけさ、わかる？――ぼくの世話をするためにカプリの住民の半分がこぞって、じつに気持のよいかたちで、しかも上品なやりかたで努力してることが、ぼくには嬉しいわけでさ……」

「さりげなく折りたたまれた請求書つきでね」とグレンロス夫人は皮肉をこめる。

「ちぇっ、居心地の良さにお金を払っちゃいけないのかい？　地元のひとたちが観光客のぼくのためにいそいそとつま先立って、ぼくが気持よくすごせるように努めてくれる。これが肝心なのさ。故国《くに》じゃ、猫一匹だって、そんなことしてくれや……」

「わかったわよ！」とグレンロス夫人はぴしゃりと遮った。「いそいそとつま先立って？　そうでしょうとも！　むしろ騙しとる、というべきよね。いやらしい外国人が気の毒なイタリア人とあたしたちの両方の上前を撥ねてるのよ！」

「なあ、ピップサン！　だいたいさ、「きのどくなイタリア人」ってなんだよ？　とどのつまり、カプリと請求書の両方をぼくらに差しだしてるのは、彼らイタリア人じゃないのか？」

「彼らは純朴なイタリア人じゃないわ、アルベルト。あたしがいうのは、観光客が島をだめにしてしまう前の、百年前と同じように暮らしている、善良で自然な魂をもった人たちのことよ」

「じゃ、きみは、アナカプリならそういう連中がいると思ってるの？」

彼女はうなずき、背筋をぴんと伸ばし、闘いにそなえて身構えた。一瞬、ふたりは互いに眼をみあわせ、つぎの動きを待つ。彼はアナカプリでの生活を想像する――ひたすら退屈で、快適さからはほど遠い。お湯は出ない。慇懃なドアマンもいない。ぴかぴかに磨かれた靴もない。馬肉はあるかも――蠅がいて……鳥もいるかな、よくは知らんが。あっちのほうは暑さも半端じゃない。地元の連中の笑いものだ――ここなら、すくなくとも妻同伴でヨーロッパを隈なく旅をして、妻に地中海の真珠と呼ばれるカプリだって見物させてやれる、甲斐性のある夫とみなされる（それにしても感謝知らずの女だ）。彼は決意を声にする。「いやだね、ぼくはぜったいに行かない」

ピップサン・グレンロスは夫の声に確信を聞きとり、落胆してプディングをみつめる。反抗的な気持に火がつき、いい放った。「じゃ、ひとりで行く。どっちが正しいか、いずれわかるわ」

ALDRIG
MERA
CAPRI!
av Tove Jansson.
Tove

彼女はほんとうに実行した。ふたりはその午後には別れた。いささか驚き、戸惑いながら。だが同時に、ふたりとも安堵と来たるべき勝利の予感に酔っていた。彼は立って見送り、彼女はロバに跨《また》がってよろよろと去っていく。なるほど、ロバというのも一考だ、自動車や辻馬車があるこのご時世に。ロバ追いはロバの尻尾をしっかり摑んでいる——いかにもって佇《たたず》まいで。グレンロス氏は頭を振ると、広場《ピアッツァ》の店での五時のお茶に出かけた。

一週間がすぎた。それぞれの自由には限りがなく、相手に苛々させられることもない。ふたりは心温まる同情をもって互いを思いやり、あまつさえ葉書を送って自分がどんなに快適かを吹聴する。

グレンロス氏の行きつけの浜辺はあらたに清掃がなされ、ホテルの朝食にはバターが追加され、彼自身にはさらに上等の部屋があてがわれ、広場には新しいパラソルテントが設えられ、楽団とその他の余興が繁忙期《ハイシーズン》ならではの趣向をこらす。——一方、グレンロス夫人はたちどころに民衆の魂とふれあい、彼女自身の言によると、神さまが創造の昔からかくあれかしと思った、まさにそんな生活を送っている。

もちろん彼女の楽園《パラダイス》にはアダムがいた。もっとも彼女がいだく彼への関心は、報いの多い研究対象へのそれだった。このアダムは善良で衝動的なイタリア人の代表、観光客による侵略やこれに類する現代の極悪非道によってもいまだ損なわれていないイタリア人の代表なのだ。

シニョール・ルチオ自身が彼のプラトニックな女友だちをどう思っていたかはわからない。彼女がドレスをひらひらさせ、日焼けオイルを塗りたくり、髪に花を飾って近寄ってきたとき、彼はぱっと眼を輝かせ、大げさな身振りで彼女の手に接吻をし、あなたはアフロディテみたいだと宣言した。

それから彼女をモンテ・ソラーロの丘に導き、あらゆる未到の地や花咲く小道へと連れていき、岩山の上に引っぱりあげ、伝説を紹介しながら語り、歌ってみせ、政治を論じる。そのすべてが驚くほど素朴な流儀でおこなわれる。ルチオは替え襟《カラー》をつけず、靴も履かず、その他の余計な文明の装飾とも縁がない。グレンロス夫人は幸せだった。かくもすみやかに原初の生に戻れたこと、その具現者であるルチオにうけいれられたことが、とりわけ嬉しかった。

だからこそ、ある日、ルチオが嘘をついたと知って、彼女はひどく動揺した。彼はこう語ったのだ。満月の夜、鮫たちが集まって青の洞窟《グロッタ・アズーラ》の外で踊るとか、毎年、マリーナ・グランデの宿泊客の半ダースばかりが鮫に喰われるとか、アナカプリの住民の半分近くは読み書きができないとか。

これらの物語をグレンロス夫人は夫にすぐさま手紙で報告した。ひとつには、一般の観光客には見逃される島の諸現象の一端を知っていることを自慢するためで、ひとつには、アルベルトが鮫に喰われてしまうのではないかと本気で心配だったせいでもある。グレンロス氏はせせら笑って、そんなのはでたらめで、ホテルのドアマンのほうが物知りだと思うがね、と答えた。

グレンロス夫人は勝ちほこる夫に腹をたて、こうなったのもルチオのせいだと息巻いた。グレンロス夫人とルチオはキャンティの罎とチーズを挟んで、オリーヴの木蔭に寝そべっていた。太陽がみごとに彼女の想像通りに沈んでいき、ルチオが彼女に「アフロディテ」と呼びかけながら、オレンジの皮を剝いてくれる――すべてがこのうえなく美しい。

でも、彼は嘘をついた。なぜなの？

「だって、お嬢さん《マドンナ・ミア》」とルチオは陽気に答える。「それがお望みだったのでは？　俺はばっちり気にいってますよ、あの鮫の話とかね。あなたもご満悦でした、ちがいます？」

「でも、ルチオ、事実とはちがうのね？」

「ああ――なんていうか《マガーリ》――事実ってなんです？　ありのままのカプリを差しだしたら、喜んでくれました？」

「じゃあ、崖を転がりおちる人身御供や旅の道連れとか、降誕祭《クリスマス》には住民みんなにアイスクリームをふるまったムンテとかも、事実とはちがうわけ?」

ルチオは困って顔をしかめ、草むらに仰向けになった。

「かわいいひと《カリッシマ》、俺はできるだけのことをしたんです。あなたを裏切ったとでも?」

「でも、裏切ったじゃない!」

「とんでもない! ただあなたのためにだけ、俺は一週間も裸足でてくてく歩き、鬚《ひげ》も剃らずにいたんです。あなたに意味もなくお金を払わせるなんて、俺には堪えられなかったからですよ」

「お金!」とグレンロス夫人は驚愕のあまり大声をあげた。

「ああ、そんなふうにいわないで! 贈りもの、そう、あなたが俺のお供を喜んでいるという、ちょっとした仕草みたいなものです。俺はほかの案内人たちとはちがいます。とんでもない! 俺は機転がきくし、育ちもいい。俺は知ってるよ、お嬢さん《シニョリーナ》には思いやりのある扱いと、わくわくとすてきな

生活を差しだしてあげなくちゃって」

グレンロス夫人はキャンティの壜、チーズ、膝の上の花輪をみつめ、非の打ちどころのない景色を眺めていたが、ふいに故国《くに》が恋しくなる。鼻に白粉《おしろい》をはたき、また靴下をはいて歩きたい。行儀のよい給仕たち、テラス席でのお茶がなつかしい。アルベルトが恋しい。

彼女は勢いよく立ちあがり、服の埃を払い、髪から花をむしりとった。ルチオは動かず、彼女をじっとみつめる。「それで《エッベネ》、お嬢さん《シニョーラ》？」

「今晩、お勘定をするわ」。彼女はつぶやき、ルチオの顔には一瞥もくれずに、ひとりで歩いて村へと向かった。

グレンロス氏はホテルの外に立って、広場《ピアッツァ》のほうに遠ざかっていく辻馬車を見て、つぎに手のなかの数枚の硬貨を見た。くそっ。俺にもいいかげん、リラ硬貨とソルディ硬貨の区別くらい、できてもいいのにな。マリーナ・グランデ近くの浜辺からゲルマニアまでなら、ぜったいに五リラ以上はしない。どんなに高くても五リラがいいとこだ。

彼は陽光に煌《きら》めく街路を、ずしりと厚い菫色の花束で彩られた白壁を、埃っぽい棕櫚《シュロ》をじっとみつめる。とつぜん叫びをあげる。気分が悪い。「おい！よお、御者さんよ」と呼びかけ、手に硬貨を固く握りしめて駆けだす。意気揚々と硬貨を御者に差しだし、「数えて、ほら――間違えてるよね?」「あんたのほうでしょ、間違えたのは――まあ、どこでかは俺の知ったこっちゃない」と御者は平然と見下すように答える。「一リラ硬貨と二リラ硬貨の差なんて、たっぷりもってるお大尽にゃどうってことない――でも、俺にはえらい違いさ。もしも気の毒な観光客をぼったくった日にゃあ、聖母《マドンナ》さまに見放されてもしょうがない。ただね、観光客ってのはさ、みんなして好き好んでぼったくられたがる。だから、こっちもその気でお世話しなきゃ、申し訳がたたないってもんさ。さあ、帰んな、ミケランジェロさんよ」

グレンロス氏は街路と棕櫚に向かって「恥知らず。お世話だと?」とどなった。それから「くそったれ」と自分にいった。

ホテルのベルボーイがすばやく扉を開け、ドイツ語の口上を唱える。

「こんにちは《グーテン・ターク》、グレンロスさま。暖かいですね」

ドアマンはいつもの応対にさらに一歩念をいれて、天候への言及に加え、グレンロス氏の水浴について質問もした。階段で靴磨きの少年と清掃係の女性とすれちがったが、ふたりとも「とても暖かいですね」と挨拶をしてくれる。

グレンロス氏はもそもそと返事をする。なんだか疲れた。部屋のタオルは替えてあり、花が飾られ、洗面道具はみごとな左右対称に揃えられている。いうまでもなく、これらすべては追加の心づけを意味する。だから、なんだってんだ。親切な応対、快適さ、敬意。彼はベッドの端に腰かけ、テラスの日除けに縁どられた奇蹟のように美しい風景に眼をやった。

なにもかもが完璧すぎて、なんとなく茫漠とした不安の感覚に襲われる。あのぼったくり御者に出くわすまでは、ほんとうにすばらしかったのだ。彼は視線を個性のない漆喰壁の部屋にすべらせた。完璧すぎる。

とつぜん彼はぎくっと身を震わせる。生きものが鏡の上を這っている。ちっぽけで、黒い。そっと顔を寄せてみる。いや、予想とちがった。ただの蠅だ。がっかりして蠅を殺した。ふむ、お湯の出は悪くないし、屑籠は空《から》になっている。──彼はふたたびベッドの端に腰かけ、夕食の時間を待った。

じっさい、ばかげた話だ。アナカプリにいるピップサンにしても。彼女は原初の生とやらを満喫しているのか。手紙ではいい感じみたいだが……。

だが、ジョバンニだかルチオだか知らないが、ありゃなんだ! 鮫だの、ムンテのアイスクリーム・パーティだの、彼女に愚にもつかぬことを山ほど吹きこみやがって。おかげで彼女ときたら、くる日もくる日も〈民衆の魂の具現者〉とやらといっしょにいるんだと思いこんじまって……。グレンロス氏はベッドの端に腰かけて苛立っている。正当な怒りの種があるなら救われもしよう。ホテル側の不注意とか詐取とかなら——だが、ある意味で彼自身に責任がなくもないこの状況は、ただひたすら不快で情けないのだ。

きっかり八時に夕食を告げるゴングが鳴った。憤懣やるかたない気分で自分の食卓を捜した。いまや彼の食卓は、例の壁にたくみに抉られた窪み、つまり単身客用の並びに設えてある。彼はスープを食べながら、〈彼らの最初の出逢い〉の絵を唾棄した。ステーキが焦げるとか、雨が振りだすとか、スープ入れの深皿《テユリーン》をかかえた給仕がすべって転ぶとかを期待した。

だが万事はつつがなく進行する、いつもと変わらず。プディングのころに給仕長がやって来て、謎めいたほほ笑みを浮かべ、こうささやく。「今日は、ご贔屓《ひいき》のお客さまをお驚かせしようと、特別にささやかな余興をご用意いたしております。お客さまに故国《おくに》の気分を味わっていただくために、純粋アーリア人の有名な歌手を招いて、あちらの公園で北欧の歌を披露してもらうことになりましてね」

グレンロス氏は苦笑をもって歓びを表明する。「そして翌朝には」と給仕長はつづける。「ポジターノへの遠出も計画しております。お客さまにはなんのご苦労もおかけいたしません。すべてが快適になるように、ホテル支配人のほうできちんと配慮させていただきます。ご費用は、いや、微々たるものでございますが、手前どものほうでご請求書に追加させていただきます」。給仕長はもう一度ほほ笑み、グレンロス氏のナプキンを床からさりげなく拾いあげ、洗練された仕草で花を整えると、すべるように退出した。

グレンロス氏はプディングを残し、激昂して席を立った。「こちらが上」と但書のある小荷物みたいにあちらこちらと運ばれて、手厚い世話と食事を与えられ、ご機嫌伺いをされるのは真っ平ごめんだと、突如として悟ったのだ。臍を曲げていたい。なにかをぶん投げて壊したい。あるいは、だれかにひどく性根の腐った応対をされるのも悪くない。彼はドアボーイを脇に押しのけ、ホテルの玄関扉に体当たりした――力いっぱい。それからアナカプリ地区のほうに歩きだした。

カプリとアナカプリからほぼ半々の地点で、ふたりは出逢った。彼女はしばし呆然と辻馬車に坐っていたが、つぎの瞬間、走りでて、彼の腕に跳びこみ、幸福にうち震えながら声をあげて泣いた。説明も質問も必要なかった。ただ、グレンロス氏は「どう?」といった。そして彼女は迷わず答える。

「そうね――カプリはもういや!」

Tove

訳者あとがき

旅する芸術家の物語

一九三三年の夏、トーベ・ヤンソンは三年間のストックホルム留学を終えて、故郷のヘルシンキにもどってきた。一六歳から一九歳になる直前まで、家族とも故国とも離れてすごしたこの留学は、若いヤンソンにとって重要な契機となる。一人前の画家としての自覚が芽生え、先輩芸術家というべき両親からの精神的・物理的な自立への第一歩が刻まれたのだ。

母シグネが通ったストックホルム工芸専門学校（通称テクニス）で商業デザインを修得して帰国するや、こんどは父ヴィクトルが学んだフィンランド芸術協会（通称アテネウム）の絵画クラスに登録する。なおかつ両親が手をださなかった領域、すなわち作家の領域にまで踏みこんでいく。ヤンソンにとって、描くことと語ることは、唯一無二の創造の営みであり、アイデンティティの確立に欠かせない構成要因だった。

一九三四年の夏、ヤンソンは初めての外国旅行をする（シグネの母国のスウェーデンは外国に入らない）。牧師のフーゴーと結婚してドイツに住んでいた母方の伯母エルサを頼って、シェチェチン（当時はドイツ領のシュテッティン）をはじめ、ハンブルク、ベルリン、ドレスデン、ミュンヘンを旅して廻った。すでに二年前からナチスが第一党の座にあり、この年の八月にはヒトラーが首相と大統領を兼ねた総統となる。

自伝的な短篇「カリン、わが友」（刊行は一九九一年、『トーベ・ヤンソン短篇集』〔ちくま文庫〕所収）の一節は、この不穏な気配を感じさせる。エルサは姪の「わたし」をわざわざ人気《ひとけ》のない野原につれだし、人のよいフーゴーは「自分の国の悪いことはなにも信じない」が「悪魔の手先どもはどこにでもいるわ」とぶちまけ、「手紙ではとても書けないことをぜひとも伝えてほしい」と妹シグネへの伝言を託す。

重苦しい気分を払拭してくれたのは、つぎに訪れたパリだ。ほぼ四半世紀前、スウェーデン出身のシグネとフィンランド出身のヴィクトルをむすびつけたのも、この街だった。二〇歳の画学生はルーヴル美術館の名画に陶然として、「ああ、レンブラントは大好きだ。ティツィアーノの貴族たちの肖像画、それにヴァン・ダイクのも。ルーベンスは悲しげな感じがする（近年の評価では）」と日記にしるす。だが、一七世紀のオランダやイタリアの肖像画にもまして、ドガをはじめとする印象派の絵に心を奪われた。この旅から短篇「大通り《ブールヴァール》」（一九三四年）が生まれる。作家ヤンソンのデビュー作だ。

主人公のムッシュ・シャタンは初老の画家である。ただし、「大衆に真珠を投げあたえる」のに倦んだとやらで筆を折ってひさしい。いまは無為を粋とみなすパリジャンとして、なんにでも感心したがる観光客のパリ侵攻に辟易しながらも、いまだ俗化を免れている（と彼の考える）セーヌ右岸のマドレーヌ教会の周辺を徘徊する。都市の大動脈というべき賑やかな大通り《ブールヴァール》を愛し、ぱっとしない薄暗い小路など相手にしない。あるとき、若い男女の恋の行く末に興味をいだき、ふたりのあとを追って本来の行動範囲を踏みこえてしまう。大通りすなわち王道を逸脱した裸の王さまは、男女がタクシーに乗りこんで去った路地にひとり残されたとき、自分のみじめな姿に気づき、すごすごと仮想の王国にひきかえす。

一九三八年一月、画学生ヤンソンは奨学金を得てパリを再訪。リュクサンブール公園やモンパルナスなど、セーヌ左岸の芸術・文教地区を生活領域とし、短篇「鬚」（一九三八年）を書く。ドラクロワ、ドガ、モネ、ルノワールなど名だたる画家たちが門をくぐったパリの国立美術学校《エコール・デ・ボザール》に勇んで登録する。だが、格式にこだわる重苦しい雰囲気にも、新入生いじめの悪習（ヤンソンのイーゼルにはナチスの腕章が巻かれた）や画学生間のはげしい嫉妬と競争にも、若いヤンソンはなじめなかった。自由である、美にふれる、そして存分に絵を描く。このために、はるばるフランスまでやって来たのだ。ひとりで、自由に、絵に専念する機会は、六月に訪れたポン＝タヴァン派の聖地ブルターニュで与えられた。

　引退した画家のムッシュ・シャタンと異なり、「鬚」には現役の若い画家が登場する。パリをはじめて訪れた一八歳のクリスティナ・ブルムクヴィストが、セーヌ河岸で絵筆をふるう若者に恋をする。その若者が「正真正銘の鬚《あごひげ》」を生やし、映画や踊りや芝居など念頭にない禁欲的な佇まいで、ふたりをつなぐ「魂の連帯」について熱っぽく語るからという理由で。芸術と哲学と精神分析の用語を混ぜて調合された「プラトニックな友情」とやらに有頂天になったクリスティナは、「考えるのは靴下や為替のことばっかりで、この世でいちばん重要なのは検閲やら肉団子やらだと信じて疑わない」パパとママに、優越感から「穏やかな憐れみ」すらおぼえる。

　ところがこの友情の幻想はあっけなくうち砕かれる。画家（氏名不詳）が鬚を剃ったという、いかにも形而下的な理由で。いや、外見の変貌が問題なのではない。いかにも孤高の芸術家といった風貌を支えていたのは、文字通り一瞬で消えてなくなる鬚や中身のない衒学《げんがく》的な駄弁であった、というお寒い現実が、剝きだしのつるんとした顎《あご》とともに、クリスティナの視線にさらされる。そしてクリスティナはわれに返った。だれかの言葉に一喜一憂する愚かしさに気づき、ふたたび自分自身に、ほかのだれでもないクリスティナ・ブルムクヴィストに戻れたのだ。

　表層的な優越が些細なできごとで崩れさる点で、ムッシュ・シャタンと若い画家は似ている。どちらも「俗世を超越した芸術家《ボヘミアン》」を装う張子の虎にすぎない。ムッシュ・シャタンの覗き趣味の対象だった若い男女、画家の下心に気づかず翻弄されていたナイーヴなクリスティナが、思わぬ反撃に転じる展開も似ている。ムッシュ・シャタンや若い画家を美術学校《エコール・デ・ボザール》に集う野心と自信にあふれる未来の巨匠（または自称巨匠）たちに、若い女性たちをヤンソン自身にかさねて、そこに抑制のきいた皮肉を読みとることもできよう。

ストックホルムで最初の自立の味わいを知り、二度のパリ滞在とブルターニュ写生旅行でその自立にいよいよ磨きをかけた。三度めの、そして戦前最後の旅の目的地はイタリアの諸都市だ。ヴェローナ、ナポリ、カプリ、ポンペイ、アマルフィ、フィレンツェと巡って、きら星のごときイタリア巨匠たちの絵に圧倒された。一九三九年の春、ミュンヘン会談後のヨーロッパ全土はすでに臨戦態勢にあり、いつ全面戦争に突入してもおかしくない状況だった。

このときの経験から生まれた短篇「カプリはもういや」（一九三九年）は、洒脱な文体《スタイル》と巧みなユーモアが光る佳作であるが、軽妙な語り口にも不穏な響きが混じりあう。新婚夫婦の訪れたカプリ島はイタリア南部を代表する観光地だ。それなのに、ユーゲント・シュティール様式のホテルの食堂ではエンドウ豆スープが定番で、部屋のタオルはきちんと替えてあり、洗面道具はみごとな左右対称に揃えられ、ベルボーイはドイツ語で挨拶する。すべてが「いかにもアーリア風に白っぽく衛生的」なのだ。きわめつけは、「純粋アーリア人の有名な歌手を招いて、あちらの公園で北欧の歌を披露してもらうことになりまして」と、したり顔で客に耳打ちをする洗練された物腰の給仕長である。

まるでドイツの出島のごときカプリ地区に、妻は不満を爆発させ、「百年前と同じように暮らしている、善良で自然な魂をもった人たち」を求めて、いまも純粋なイタリア民衆の住まう（らしい）アナカプリ地区に行ってしまう。一方、快適さを求める夫はホテルに残ると宣言。つまらぬ意地の張りあいから別行動をとるはめになるが、最後はそれぞれの選択に失望し、カプリとアナカプリのほぼ中間地点で出逢い、ひしといだきあい、夫が「どう?」と訊くと、妻は「カプリはもういや!」と叫ぶのだった。

「言葉を発する前から絵を描いていた」と母シグネにいわしめたトーベだが、すでに小学校低学年で手書きの絵と文をまとめた小冊子をつぎつぎと「刊行」した。小学校高学年になると、手製の雑誌を同級生に買わせる手腕も発揮した。本短篇集に収めた作品を書いた二〇代には、十年以上の執筆歴を有するプロフェッショナルだったのだ。

やがてフィンランドも第二次大戦に巻きこまれていき、明るい色彩の絵が描けなくなった画家ヤンソンは、「一種の現実逃避として」と言い訳しつつ、子どもむけのお話を書きはじめる。戦後まもなく出版されたこの『小さなトロールと大きな洪水』にさらに八冊もの続篇が書かれ、あまつさえ自身の代表作になるとは、おそらくヤンソン本人も想像していなかったにちがいない。

冨原眞弓

二〇一四年五月

トーベ・ヤンソン（Tove Jansson）

1914-2001年。ヘルシンキ生まれのスウェーデン語系フィンランド人。父は彫刻家、母は画家。早くから画家、短篇作家として活躍。児童文学のムーミン、ムーミン・コミックスはじめ、『彫刻家の娘』『少女ソフィアの夏』など小説作品多数。その他の作品の多くは「トーベ・ヤンソン・コレクション」（全8巻、筑摩書房）で読むことができる。

冨原眞弓（とみはら・まゆみ）

1954年生まれ。聖心女子大学名誉教授。著書に『シモーヌ・ヴェイユ力の寓話』『根をもつこと』『トーヴェ・ヤンソンとガルムの世界』『ムーミンを読む』『ムーミンのふたつの顔』『ムーミン谷のひみつ』『ミンネのかけら』など。「トーベ・ヤンソン・コレクション」やムーミン・コミックスをはじめヤンソン作品の翻訳も多く、新装版「ムーミンシリーズ」（講談社文庫）の全解説も手がける。

旅のスケッチ

トーベ・ヤンソン初期短篇集

2014年6月20日　初版第1刷発行
2022年2月 5 日　初版第2刷発行

著者　トーベ・ヤンソン
訳者　冨原眞弓
ブックデザイン　祖父江慎＋福島よし恵（cozfish）
発行者　喜入冬子
発行所　株式会社筑摩書房
〒111-8755
東京都台東区蔵前2-5-3
電話番号03-5687-2601（代表）
印刷・製本　凸版印刷株式会社

ISBN978-4-480-83209-2 C0097
乱丁・落丁本の場合は、送料小社負担でお取り替えいたします。

för den gode, impulsive g
sioner och liknande moderna

jälv tänkte om sin platoniska
n i sin fladdrande dräkt, in-
na i håret, blixtrade han och
ch försäkrade att hon var lik

Solaro, till alla otillgängliga
de henne upp för klipporna,
sjöng för henne, diskuterade
rimitivt sätt och aldrig iklädd
lturella attribut. Fru Grönros
snabbt kunnat återgå till urli-
av dess representant.
rd när hon en dag kom under-
dig till lögn. Han hade berättat
ör att dansa utanför Grotta Az-
per ett halvt dussin turister nere
tan hela befolkningen var analfa-

ast till sin man. Delvis för att
om de företeelser på ön som und-
emedan hon uppriktigt ängslade
päten. Herr Grönros grinade och
rat; hans portier hade bättre reda

över hans triumf och ställde Lucio
yträden med en flaska Chianti och
ner, precis som hon hade föreställt
och skalade apelsiner åt henne —

Varför.
han glatt, »är det inte just så ni vill
var riktigt bra, det där med hajarna.
a nöjd, inte sant?»
inte sant!?»
är sant? Om vi ger er Capri sådant
t.»
...som körde

»Carissima, jag har gjort ...
bedra er?»
»Men det har ni ju gjort!»
»Tvärtom! Bara för er skull h
och låtit bli att raka mig! Tror ni ja
ting?»
»Pengar», utbrast fru Grönros i
»Ack nej, säg det inte så! En
att visa att ni uppskattat mitt sällsl
guiderna, nej! Jag har takt, uppfo
behandla signorinor med finkänsli
vackert för dem.»
Fru Grönros tittade på chiant
sen i sitt knä, såg på den oklander
ligt hem. Hon längtade efter att
med strumpor igen, efter välup
rassen. Hon längtade efter Albe
Häftigt reste hon sig, borsta
man ur håret. Lucio betraktad
röra sig. »Ebbene, signorina?»
»Vi ordnar affärerna i kväll»,
och gick ensam tillbaka mot b

Herr Grönros stod utanför
som avlägsnade sig upp mot
Fördömt. Han borde väl i fr
på lira och soldi. Från plage
Germania kunde det absolu
Portiern gick ett steg lär
mentarerna över vädret förhö
ros' bad. I trappan passera
Båda påstod att det var myc
Han instämde, något trö
rum och satt in blommor,
utsökt symmetri. Naturligt
Men än sen då? Vänlighet,
sängkanten och såg på det
av terrassens soltak.
En vag känsla av oro ö
... varit så skönt att